Melhores Contos

Hermilo Borba Filho

Direção de Edla van Steen

 Melhores Contos

Hermilo Borba Filho

Seleção de Silvio Roberto de Oliveira

© Leocádia Alves da Silva, 2010

2ª EDIÇÃO, GLOBAL EDITORA, SÃO PAULO 2012

Diretor Editorial
JEFFERSON L. ALVES

Gerente de Produção
FLÁVIO SAMUEL

Coordenadora Editorial
ARLETE ZEBBER

Revisão
LUCIANA CHAGAS

Projeto de Capa
RICARDO VAN STEEN

Capa
EDUARDO OKUNO

Dados Internacionais de Catalogação na Publicação (CIP)
(Câmara Brasileira do Livro, SP, Brasil)

Borba Filho, Hermilo, 1917-1976.
  Melhores contos Hermilo Borba Filho / seleção Silvio Roberto de Oliveira. – 2. ed. – São Paulo: Global, 2012. – (Coleção Melhores contos / direção Edla van Steen)

  ISBN 978-85-260-1619-4

  1. Contos brasileiros. I. Oliveira, Silvio Roberto de. II. Steen, Edla van. III. Título. IV. Série.

11-14546   CDD-869.93

Índice para catálogo sistemático:

1. Contos : Literatura brasileira   869.93

Direitos Reservados

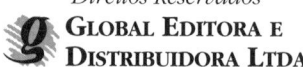
GLOBAL EDITORA E DISTRIBUIDORA LTDA.
Rua Pirapitingui, 111 – Liberdade
CEP 01508-020 – São Paulo – SP
Tel.: (11) 3277-7999 – Fax: (11) 3277-8141
e-mail: global@globaleditora.com.br
www.globaleditora.com.br

Obra atualizada conforme o **Novo Acordo Ortográfico da Língua Portuguesa**

Colabore com a produção científica e cultural.
Proibida a reprodução total ou parcial desta obra sem a autorização do editor.

Nº DE CATÁLOGO: **1600**

Silvio Roberto de Oliveira é pernambucano do Recife, pertence à mais nova geração de autores brasileiros emergentes do pós-arbítrio. Estreou através de *Modo Nordeste* (poesia, Rio de Janeiro: Francisco Alves/Recife: Fundação de Cultura Cidade do Recife, 1984 – Prêmio Othon Bezerra de Melo da Academia Pernambucana de Letras). No teatro, obteve o Prêmio Nelson Chaves de Humanidades, com *Quixotinadas* (1985), levado à cena em 1989, no Recife, e o Prêmio Elpídio Câmara, com *O anjo cangaceiro*. Publicou, ainda, *Terrabalada* (poesia, Rio de Janeiro: Francisco Alves, 1987), *A viagem dos bichos* (teatro infantil, edição do autor, 1988) e *Saveiro do inferno* (novela, São Paulo: Iluminuras/Recife: Fundação de Cultura Cidade do Recife, 1993).

HERMILO: UM PALCO EM SUAS MÃOS

Cenário: o da velha Palmares da Zona da Mata pernambucana, protótipo de cidade do extenso litoral canavieiro desses brasis sem porteira. Ali, o bar-restaurante-café de Nenê Milhaço, o Pátio do Mercado, a calçada da igreja, as ruas e travessas, um mundo especial, definido, delimitado como para apresentação de um espetáculo.

Iluminação: o sol pesado que desaba na terra quente e derrete os miolos, os *spots* das lâmpadas amarelas da iluminação pública, dos bares, a luz negra das madrugadas e alcovas.

Personagens: vivos, vividos, bem caracterizados, falantes, falados, naturais, espontâneos, verdadeiros; gente de verdade, não bonecos estereotipados, como se uma câmera precisa digitalizasse amostras de vida diretamente para dentro da mente do leitor.

O resultado é que tudo em Hermilo respira teatro e, em derivação, o cinema, sua extensão. Os contos e os romances são teatro produzido, disfarçado, com uma embalagem especial para se levar para casa, para comer escondido, deliciosos, maduros, inteiros.

Ninguém imagine, contudo, que, com isso, se descaracterize o conto. Pelo contrário, Hermilo – que escreveu 23 peças de teatro – repassa para a história curta a linguagem falada em toda a sua realidade, como se ao vivo se estivesse, as narrativas sempre como se fossem alguém contando em conversa de terraço de engenho, convincentes, sinceras, autênticas, com os cacoetes da fala e as expressões de uso vulgar.

Da técnica utilizada, em que se percebe outra vez, adaptada à sua própria arte, a influência primeira de Henry Miller, decorre, pelo uso das frases encadeadas apenas por vírgulas, entremeadas por dizeres típicos da linguagem cotidiana – interjeições, provérbios, máximas, aforismos, versos, rifões, redondilhas, trechos de cantigas, tudo fluindo junto, provocando paralelismos, trazendo à mente do leitor, de roldão – toda uma vasta cena de experiências, de personagens, de emoções, de impactos e risos e choques e provocações, a alma do povo apresentada em praça pública.

O apoio nas estruturas populares é algo natural em Hermilo, conhecedor absoluto que foi da alma popular e estudioso perseverante dessa temática, tendo abordado, em sua ensaística, a cerâmica popular, o teatro, o bumba meu boi, o mamulengo e a literatura de cordel.

Do domínio completo dessa linguagem das ruas, sem prejuízo da profunda erudição que logrou alcançar, resulta, no âmago dos textos, algo de crucial, tão difícil de encontrar, que é o poder de convencimento, pela sinceridade que se impregna às suas páginas, a credibilidade que se revela desde os meandros das falas, geralmente bem-humoradas, mordazes, satíricas e, mesmo assim, muitas vezes dramáticas, de uma dor irremediavelmente real, da tragédia cotidiana de um povo oprimido, que é passada ao leitor sem artifícios nem truques, sem emocionalismos nem pieguice, o amargo inesperado, a tragicomédia do desespero e da desesperança, irmãos de criação da nossa realidade.

Daí o caráter de obra de denúncia, já apontado por muitos, nos escritos hermilianos. A preocupação com o social e a caracterização da injustiça são flagrantes no desenrolar das desaventuras (para usar uma palavra de Ariano Suassuna) de seus personagens. Escritos durante o período do governo ditatorial – no qual todos os governantes, até os escalões mais inferiores, eram designados sob o controle do poder central e por ele subjugados – nos contos de Hermilo, quase sempre, as autoridades são levadas ao ridículo de sua contradição e brutalidade, através das situações apresentadas, sem nunca resvalar, contudo, para a pregação política ou ideológica.

Essas situações foram muitas vezes vividas pelo ficcionista, o que se traduziu em que grande parte de sua obra é, na verdade, autobiográfica. Os personagens das histórias são quase sempre reais, e os contos, desenvolvidos a partir de fatos. Familiares, amigos, figuras históricas são, em muitas ocasiões, citados e participam do mundo real/fantástico hermiliano, que, na maior sem-cerimônia, decola do realismo mais duro para o terreno onírico do maravilhoso e do imaginário. Essa liberdade com que passa do presente concreto para os domínios da fantasia não decorre, como se poderia supor, de influências dos praticantes do denominado realismo fantástico, mas do universo mitológico da literatura de cordel, na qual esse trânsito inusitado entre a realidade e o sonho sempre foram coisa comum. Ele mesmo, um "Cavalheiro da Segunda Decadência", desfia com sabor e verve a teatralidade tragicômica produzida pelo declínio da aristocracia canavieira do nordeste brasileiro, o que restou do mundo dos senhores de engenho escravagistas, das sinhás-moças reprimidas e dos doutorezinhos perdulários.

Quem conhece a velha Palmares, provincianíssima, porque província da província, quente e falsamente adoçada pela garapa da cana das usinas de açúcar, parada obrigatória nos trilhos da antiga maria-fumaça da Great Western, costurando a terra pelos túneis através das colinas acarpetadas de canaviais, e seus dengos, e suas malícias, e suas figuras, sabe o quanto Hermilo é o retrato falado daquilo tudo, e até que bem se poderia estranhar não se encontrar, em uma esquina de página, o poeta Ascenso Ferreira, com chapelão, charuto e tudo, este sim, tão palmarense e hermiliano que se devia ler os dois ao mesmo tempo, de tanto que se complementam na coreografia desse documentário de tempo aprisionado em papel.

A respeito do fantástico na literatura hermiliana, decorrente do espírito do cordel, na maioria das vezes está relacionado com o bom humor incurável do ficcionista, cujo imaginário toma o rumo quase sempre da ironia, do exagero e das dituações hiperbólicas ou caóticas, algo a ver com os versos estapafúrdios de Zé Limeira, o denominado Poeta do Absurdo (via Orlando Tejo) ou repentes catalogados, de Otacílio Batista, o cantador, espécies de enumerações caóticas, observadas por Lêdo Ivo em Jorge Lima, e que Hermilo aplica à prosa, como, por exemplo, nos contos "Da Peixa" e "Hierarquia".

Esse bom humor é algo precioso e positivo em Hermilo e, estranhamente, se mantém até quando ele aborda o trágico e se equilibra ali sem perder o sentimento da tragédia, o que, finalmente, resulta no patético, como nas histórias de "O palhaço" e "O general está pintando", em que o riso franco transita para o sarcástico e mordaz diante do infortúnio e da morte. O mesmo sentido difícil de definir, porque surreal e, contraditoriamente, verdadeiro, pode ser encontrado nos contos de "Lindalva" e "A roupa", de uma loucura absolutamente crítica e consciente. Em "O perfumista", o humor é desenvolvido juntamente com o real-fantástico, com a introdução de "efeitos especiais" obtidos com o exagero das situações. Já em "O almirante" a fantasia é deixada de lado, tudo dentro da mais perfeita verossimilhança, mas o humor e a crítica de costumes, de uma teatralidade flagrante, explodem com toda a inteligência e perspicácia, com direito a "chave de ouro", uma obra-prima de narrativa em curta-metragem.

Encenador cuidadoso, Hermilo enche os sentidos com detalhes curiosos, saborosos, roupas, tecidos, gomas, marcas, chapéus, lenços, perfumes, cheiros, talcos, sabonetes, cores, hábitos, comidas, costumes de casa que vão à praça, armas, relógios, bebidas, minúcias de todos os matizes, que reforçam o lado torrencialmente sensual do autor; e disso o leitor vai se dar conta tão de imediato que nem precisa ser alertado, e depressa se estabelece uma intimidade entre os dois – porque Hermilo é de perto, é de casa mesmo –, o que daqui a pouco já é cumplicidade, conivência, participação nas rodadas de risadas e acontecidos, na excitação e na prosa, a convivência parceira no mundo novo trazido à cena pela mágica sem truques de Hermilo Borba Filho.

Aplicando, em muitos dos seus contos, um método de criação que tem origem na poesia trovadoresca e na música, Hermilo, em muitos de seus trabalhos, de grande originalidade e invenção, provoca o desenvolvimento de motivos da literatura de cordel, ou mesmo de composições em verso do cancioneiro popular, promovendo variações sobre eles e comentando-os ao correr da prosa, como quem glosasse um mote ou improvisasse sobre um tema. Entremeada no texto, a citação original passa a fazer parte do conjunto da obra, sem perder a sua individualidade e identidade, resultando disso uma intertextualidade fascinante, de grande efeito estilístico, que apela à inteligência e revela a existência de um projeto de arte, de uma metodologia que segue um arcabouço, com a imaginação, sem prejuízo de estar livre e solta, ficando encarregada de preencher as baias da estrutura pré-desenhada, como um rumo a seguir. Esse método pode ser observado, por exemplo, nos contos "Hierarquia" e "Da Peixa", e, mais discretamente, sem mostrar explicitamente o suporte, em "Auto de fé do pavão misterioso" e "Romance de João Besta e a jia da lagoa". Essa técnica, legítima, criativa e admiravelmente bem executada por Hermilo, prestigia e revela a cultura popular como um germe gerador de produções artísticas mais elaboradas e de maior fôlego, ensejando a composição de verdadeiras rapsódias, que têm o condão de filtrar, modelar, sintetizar e mostrar, com desenvoltura e brilho, o perfil extraordinário da alma popular, em toda sua pujança e simplicidade.

Sobre a interferência do poético na obra hermiliana, é relativamente fácil perceber que, conquanto não se tenha dedicado especificamente à poesia, sua convivência, desde menino, com os ditos e cantos populares regionais, fortemente embasados nessas técnicas, e, depois, os estudos e ensaios sobre essa temática, o influenciaram a ponto de se refletirem fortemente no estilo e na imagética da escrita. A rítmica no encadeamento das frases, as aliterações, associações, referências, citações e rimas internas evidenciam essa tendência, sendo comum a inclusão, ao longo do texto corrido, de trechos em verso de uso vulgar, muitas vezes registrados com exclusividade pelo autor e, provavelmente, ainda não incluídos nos estudos acadêmicos sobre o linguajar rasteiro do povo.

Consideradas essas coisas, vê-se logo que a ficção de Hermilo não é a de um simples contador de "causos", mas tem uma função social e faz parte de um projeto cultural de grande relevância, não somente pelo seu valor intrínseco, mas pelos caminhos que aponta e os questionamentos que provoca. Pouquíssimo estudado até agora, e limitadamente publicado, o processo criativo desse palmarense do universo merece um debate público e acadêmico, uma reflexão que certamente revelará melhor o desenvolvimento de uma arte que poderá ser de grande utilidade, não somente na compreensão da nossa realidade como povo e na formação do ego coletivo, mas como instrumento de suporte para as novas gerações de escritores que estão despontando em todo o país.

Ao trazer para as mãos do leitor o tablado do palco da velha Palmares e seus personagens envolventes, Hermilo Borba Filho abre sucessivas cortinas e aponta seus canhões de luz sobre a nossa própria existência, nós também personagens irrecorríveis deste velho mundo novo. Viremos, pois, a página. O espetáculo vai começar.

Silvio Roberto de Oliveira

CONTOS

O GENERAL ESTÁ PINTANDO

O sol encadeia no pátio de pedras e o ar está parado, nada de balouço de folhas. A porta da igreja se acha fechada, mas a de junto, a do convento, insignificante para a imponência da construção, está aberta, e por ela, a intervalos, entra uma mulher apergaminhada, sai outra amarelecida, em conversa com os fradinhos que não se deixam ver. De ruídos, somente os naturais: de algum vendedor no alto da ladeira, de um canário-da-terra que se equilibra num dos galhos mais altos da cajazeira, de meninos num quintal distante. A igreja e o convento se recortam contra um azul profundo e quase desaparecem seus altos e baixos relevos, suas paredes grossas, mais de fortaleza que de templo, os arabescos, os portais, o verde musgoso das portas. Na ladeira que começa no largo da prefeitura vem descendo uma freira de cabeça baixa, as mãos postas dentro das mangas largas, os pés retos em seus passos miúdos. Uma mulher chega à janela da casa em branco e azul, olha-a rapidamente e desaparece; um menino sai correndo de outra casa do lado oposto e também logo some no alto. A freira, obedecendo a um movimento geométrico e automático, entra numa casa à esquerda quase sem tocar na porta. Não há mais ninguém na ladeira e no pátio. O silêncio zune.

Coisa de tempo, sem se saber contar, o ruído cresce, bufante, ofegante, constante, veículo pesado subindo uma ladeira paralela àquela pela qual se desce ao pátio do convento. Há uma pausa no arquejo, a máquina trabalhando tranquila, no planalto, logo aparece no alto, só os pneus nos paralelepípedos irregulares, o motor desligado do caminhão militar, na carroceria dois bancos: soldado sentado dum e doutro lado, fuzis plantados entre as pernas, nenhuma intenção beligerante, parece, antes caras chateadas e suadas ao sol das dez horas. No pátio, a viatura brinca de serpente por entre as palmeiras imperiais – cinco de cada lado – finalmente estanca no princípio da alameda, paralela à igreja, o motorista pula rindo, os soldados descem desordenados, a voz se ouve, no comando Pelotão, em forma!, é o sargento, o motorista já encostado numa palmeira, à sombra, o cigarro aceso, tragada, cospe bala. Alinhados, os verde-papagaios, peitos estufados e olhos na linha do horizonte, Sentido!, os fuzis batem nas pernas, os canos como relâmpagos pequeninos com a luz, o suor se espraia em pontos preferidos das túnicas: costas e arcos dos sovacos, o das virilhas não aparecem. Pelotão, tarefa!, o sargento grita; na portinha do convento surge um fradinho enrugado, os praças se movimentam como num bivaque, os fuzis se entrelaçam e se equilibram, falta uma fogueira, os soldados sacam objetos não identificáveis para um espírito ortodoxamente militar, começam o trabalho: uns marcam os muros laterais do pátio a giz (cruzinhas, triângulos, três pequenas linhas retas umas em cima das outras, circunferências), outros medem com fita métrica a distância que vai de uma a outra palmeira imperial, ainda outros medem a fachada da igreja, desprezando o convento, a carvão escrevendo números, talvez equações. Um soldado, isolado, mede a intensidade da luz com um fotômetro. As pedras do pátio, somente algumas, também merecem números, mas de giz azul, tão brancas são. O fradinho desapareceu, por pouco tempo, porém, com ele já estão uns cinco, intrigados, cutucando-se a ver quem se atreve a interrogar o sargento, pelo menos um soldado, contam-se casos de desapropriação para alojamento de um quartel, em vão se procura o abade, depois se sabe que o abade foi ter uma entrevista com o bispo, os soldados sequer ligam os fradinhos, estão na deles, o sargento, de vez em quando, estala os dedos, eles se movem com precisão automática, devem ter executado esse trabalho dezenas de vezes, poderiam fazê-lo na mais densa escuridão. O sargento grita qualquer coisa gutural, tem-se a impressão de um buldogue latindo, os soldados se agrupam, o motorista, morto de preguiça, se encaminha para a cabine do caminhão, o motor ronca, de acordo com a mais severa organização da ordem unida os verde-papagaios se movimentam, há uma técnica para voltarem a sentar seus traseiros nos bancos da carroceria, o motor bufa, a fumaça que sai pelo cano de escape envolve os fradinhos em uma nuvem escura, os fradinhos tossem, levantam as batinas e tapam as narinas, sufocam, abanam o rosto com as mãos maceradas enquanto o caminhão vai atingindo o alto da ladeira e desaparece.

Uma semana depois desse ataque o caminhão voltou carregado de soldados e, como o acontecimento se espalhara, nas ruas laterais e adjacências as janelas estavam apinhadas de mulheres curiosas, no alto das duas ladeiras se juntando uma pequena multidão para ver, apreciar e entender o que desejavam os verde-papagaios. Os fradinhos, por sua vez, também correram para a portinha, à frente o abade, circunspecto, teologal. O caminhão obedeceu ao mesmo plano de ataque e os soldados à mesma estratégia, só que dessa vez nada mediram, mas tomaram posições, em sentido, empertigados, os fuzis plantados na terra, até que a um rosnar alto do sargento fizeram descer do caminhão uma enorme tela para um enorme cavalete, tomando por ponto de partida os sinais cabalísticos da vez passada, milimetricamente colocaram os ditos-cujos no ponto ideal, voltaram ao caminhão, apossaram-se de pincéis e latas de tinta, depois de abandonarem, cruzados, os fuzis, está claro, enquanto outros, a rigor quatro, dois para ladeira, postavam-se como sentinelas. Durante essa operação os fradinhos cochicharam sem parar com o abade, que só fazia balançar a cabeça em atitude negativa. Mais dois soldados, um para cada lado, ladearam a terra. O sargento, mãos na cintura, peito estufado, olhou ao redor, examinou a área de operação, viu os paisanos no alto da ladeira e as paisanas debruçadas nas janelas dos térreos e dos primeiros andares coloniais, ergueu a cabeça e fitou o céu azul com o recorte das palmeiras imperiais, a igreja ao fundo, os fradinhos agrupados não lhe parecendo muito bem. Fechou mais a cara, coisa que poderá parecer impossível, ainda deu um passo à frente com o intuito de falar-lhes, mas parece que se lembrou de alguma recomendação, deixou estarem, olhou seu enorme relógio de pulso e gritou, as janeleiras tremendo, os homens e meninos das ladeiras assustando-se, pássaros voando, os fradinhos agarrando-se ao abade, Pelotão, sentido! Os soldados bateram as botas, peitos de pombo, queixo para a frente e para o alto. Outra vez, a voz, tonitruante, Pelotão, calar pincéis! Os soldadinhos empunharam os pincéis que aos olhos dos assistentes pareceram armas perigosas. O sargento gritou, de um fôlego só, Pelotão atacar em azul o alto da tela! Os soldados avançaram em passo acelerado e seus pincéis, mergulhando e saindo das latas de tinta, pareciam movidos por máquinas, em movimentos precisos, em pinceladas certeiras, a parte superior da tela se colorindo de azul-céu, enquanto os dois soldados, um de cada lado, continha a investida. O sargento, satisfeito, ainda as mãos na cintura, mas balançando a perna direita, acompanhava o ataque com olhos que tudo viam. Pelotão, recuar! Calar pincéis! Preparar! Um dos soldados, enquanto isto, estava trocando as latas de tinta. Atenção, sentido! Atacar em amarelo pouco abaixo do azul! Os fradinhos, puxados pelo abade, enquanto os soldados executavam a tarefa, tiveram a suma coragem de atravessar o pátio e se postarem embaixo da ladeira da direita no intuito de ver a tela. Mal os avistou, o sargento deixou de prestar atenção ao trabalho e comandou para os soldados do alto da ladeira da direita Soldados da direita, atenção, sentido, enxotar intrusos para o lugar de onde vieram! Os soldados desceram em ordem unida, os fuzis na horizontal, firmes, fecharam os fradinhos num só bloco, à frente o abade, e levaram-nos até a portinha do convento. À proporção que passavam, as janeleiras batiam mas voltavam a abri-las, logo que não mais sentiam o perigo. Voltando os soldados, terminada a tarefa, sob protestos não ouvidos dos fradinhos e do abade, também terminado o ataque em amarelo, latas trocadas, o sargento, olhando constantemente para o enorme relógio de pulso, gritou de uma só vez, ganhando tempo, Pelotão, sentido! Calar pincéis! Atacar o fundo da tela em branco respeitados o azul e o amarelo! A operação processou-se com a maior presteza e a maior técnica imagináveis. Ao terminá-la os soldadinhos, o sargento novamente olhou seu enorme relógio de pulso e um sorriso veio aos seus lábios grossos e vermelhos, o sorriso se acentuando ao ouvir o ronco suave de um automóvel que se aproximava. Voltou-se, mais uma vez, para os seus subordinados e buldogou Pelotão, sentido! Olhou a formação durante um instante e fez-se ouvir novamente, Afastar a multidão! Formar alas na ladeira da esquerda! A passo acelerado eles foram, abriram o aglomerado de civis que se dividiu em duas alas, e ao mesmo tempo em que um automóvel fazia o balanço no alto da ladeira e descia com o motor contando cilindros, suave, o motorista, fardado, levando-o para o muro da direita, já no pátio, onde estacionou. Imediatamente, com a agilidade de um acrobata, a ordenança saltou, abriu a porta traseira, em posição de sentido, o General apeou-se, pisando firme, olhando em volta, demoradamente, fitando afinal a tela, aprovando tudo com um movimento de cabeça dirigido ao sargento que se babou de gozo numa continência rígida de pedra. O General caminhou em direção à tela, o ordenança já levando para ele um banquinho confortável, tintas e pincéis, indo e vindo, logo mais uma mesinha de alumínio montável, uma garrafa de gim, copo, um balde de gelo, tônicas, limões, dose servida, paninhos e guardanapos. O General ficou diante da tela, tudo ignorando, olhando as cores. Voltou-se novamente para o sargento, ainda em continência, balançou outra vez a cabeça em sinal de concordância, falou muito baixo para ouvidos apurados à vontade, o sargento relaxou, embora procurando ficar de peito estufado, incômodo mas imponente. O General tirou o quepe, entregou-o ao ordenança que foi levá-lo ao auto, voltando para receber a túnica que o General tirava com a maior elegância, em mangas de camisa de seda, arregaçando as ditas mangas, os braços nus, grossos como presuntos. Servindo o gim, o General saboreou-o lentamente, sem tirar os olhos da tela, depositou o copo na mesinha desmontável, sentou-se no banquinho de encosto, confortável, durante algum tempo preparou as tintas, assobiando baixinho *Canto dos Bosques de Viena*, o ordenança já estava postado, ao lado, com um desenho da obra que o General desejava realizar. Finalmente, o General empunhou o pincel que, em sua mão, adquiriu a graça de um florete, voltou-se para as janeleiras, ao longe, cumprimentou-as com a cabeça, algumas suspiraram e outras deram gritinhos abafados, em seguida para a pequena multidão da ladeira da esquerda, mesmo gesto, a multidão permaneceu silenciosa, viu os fradinhos, acenou-lhes com a mão livre, os fradinhos se curvaram, com exceção do abade, concentrou-se na tela, o silêncio era profundo, com a mão esquerda procurou o gim, levou o copo aos lábios, somente o gosto longínquo na água formada pelo gelo, fitou severamente o ordenança que tremeu dos pés à cabeça, não sabia o que fazer com o desenho, finalmente colocou-o embaixo do braço, serviu a bebida, o gelo, a dose dupla do seu General, que mexeu o líquido com o dedão indicador, tomou um gole, voltou a concentrar-se, finalmente decidido começou a trabalhar no céu de tons azuis e amarelos, esbatendo as tonalidades, criando nuvens, nuanças sutis, o assobio crescendo, concentrado, de vez em quando olhando para os lados do poente onde o sol ainda demoraria a chegar.

    E assim foram-se duas horas. Com exceção do General que já chegara à igreja, deixando o céu para quando o sol estivesse na linha do horizonte, todos os outros permaneciam estáticos: o sargento, o ordenança só se mexendo para o essencial, os soldados, a multidão, os fradinhos, o motorista dormindo na direção. Mais algum tempo o sol iria chegar à linha do horizonte, avermelhado, a bola incandescente podendo ser vista a olho nu, tudo ficando escarlate para aqueles lados. E quando a parte inferior do disco ia tocando a linha do horizonte ouviu-se um zum-zum na multidão da ladeira da esquerda provocado por um menino que queria passar à força, os soldados impedindo-o, ele quero um padre, quero um padre, é vó que está morrendo, quero um padre, os soldados continham-no com os fuzis, o barulho aumentava, o General estava perdendo seu poder de concentração e expectativa, a possibilidade fugindo, a mão negava-se, a cor exata no lugar exato, aquela, questão de segundos, o menino rompeu a barragem, desceu embalado de ladeira abaixo, justo quando estava a dois metros do General a bala alcançou-o nas costas, o jato de sangue esguichou na tela, o General voltara a concentrar-se e, com uma pincelada, aproveitou aquele vermelho inesperado para o seu crepúsculo, o sorriso abrindo-se, ausente do corpo e do brado.

O ALMIRANTE

Era raro mas acontecia: a neblina. A claridade ainda muito difusa que vinha da barra do horizonte abria, na cerração, um semicírculo de olho direito a olho esquerdo, a cabeça firme, em linha reta, movida para cá e para lá, o semicírculo de cada lado interrompido por edifícios, coqueirais, cajueiros, mangueiras. Ele gostava da névoa e tentava agarrar os fiapos brancos, esgarçados, sabia que haveria de chegar atrasado ao mercado, mas não conseguia fugir ao encantamento, a féria do dia seria insignificante, os caranguejos, nas latas, faziam um barulho rascante e metálico, outros concorrentes já teriam vendido os bichos, para ele pouca coisa haveria de sobrar. Raras vezes no ano havia neblina e era bom aproveitá-la, para nada, pelo prazer de permanecer com as pernas musculosas atoladas na lama, respirando de boca aberta, vendo como tudo era leitoso. Somente o primeiro lampejo do sol despertava-o de vez: a obrigação; tratava, apressadamente, de fazer as rodilhas de caranguejos, nessas vezes bem chochas, saía do mangue no chape-chape, lavava os pés na primeira água corrente esfregando-os um contra o outro, punha-se a andar, em quinze minutos vencia a distância que o separava do mercado, postava-se atrás do balcão dos caranguejos, os outros já haviam vendido e ido embora, armava-se de paciência para esperar um hipotético freguês, mas nem por isto perdia o riso claro, aberto, de dentes largos.

Almirante Siri era figura musculosa de um metro e noventa, ria a propósito de tudo, tinha as mulheres que queria, sabia ser valente quando era preciso e amigo nos momentos incertos. Durante as manhãs vendia caranguejos, brincava e contava piadas; almoçava com uma pinga, uma só, procurava um caminhão estacionado e metia-se embaixo dele para a sesta, abrigado do sol. Quando acordava, pelas quatro, encontrava um parceiro para jogar firo até que a noite descesse; ia à procura de mulheres, sempre encontrava uma, com ela dormia ou não, quando não se deixava arriar na rede do seu mocambo para acordar noite ainda e sair atrás dos caranguejos; o dia se repetia. Somente aos sábados à noite (o domingo não contava: era todo ele uma diversão só) saía dessa rotina para se dedicar, com toda a seriedade, à grande paixão de sua vida: Almirante Siri era Capitão-General de Fandango e ensaiava durante todos os sábados do ano todo para o Ciclo de Natal. Não admitia brincadeiras no seu folguedo. Nada de esculhambação, berrava, quando os marinheiros, nas jornadas, atrasavam a dança ou desafinavam ou riam de uma bobagem qualquer. O Ração e o Vassoura improvisassem, menos na sua cena: Fostes à Casa do Contramestre? Destes o dinheiro da ração? Que compraste para a gente da Abariação? Comprei tanta coisa que o Contramestre não sabe. Então diz lá. Eu comprei dez réis de fígado, um vintém de tripa fina com tripa grossa, comprei dez réis de bofe. Quando cai na caldeira faz pufu. Compolhos e repolhos, comprei um vintém de alface misturado com presunto para mim mais Vassoura, que gosto muito. Comprei um mocotó tal e qual, comprei uma coisa para a frizideira do senhor Capitão-General que ainda não comeu, já está lambendo o beiço. Então diz lá. Digo se me der alguma gorjeta para mim mais Vassoura. Senhor Capitão-General já foi à cabanga? Não viste? Quando as fateiras estão tratando os fatos, tripas. Viste? Quando elas cortam a tripa em cima e cortam embaixo aquilo que sai de dentro como se chama, senhor Capitão-General? Maniçoba. Pois foi isto que comprei para a frizideira do senhor Capitão-General.

Olé, olé, olé, ô triques, ô Maria, olé, Joaquim José Fidélis está preso no limoeiro, olé, olé, olé, ô triques, ô Maria, olé. Senhor Mestre Calafete, calafete este navio, olé, olé, olé, ô triques, ô Maria, olé. Que as ondas do mar lá fora não são como cá no rio, olé, olé, olé, ô triques, ô Maria, olé. O pombo vai voando no bico levou uma flor, olé, olé, olé, ô triques, ô Maria, olé. Avoando foi dizer viva ao nosso imperador, olé, olé, olé, ô triques, ô Maria, olé. Dançavam e Almirante Siri, espada em punho, evoluía, ágil, à frente, em mesuras, quase efeminado, mais doce. Ano inteiro seu dinheiro era para as vestimentas, o conserto da barca, embora alcatroada sempre comida pela maresia; para a cachaça dos atores, para o sustento do ordenança Zé Pito, que carregava sua espada antes que ele entrasse em cena; para a sua própria farda copiada de uma gravura colorida, corpo inteiro, de um almirante de verdade, vista numa revista qualquer, aprontada por Emerenciana, a mais hábil costureira das adjacências, possuidora de uma Singer ganha como prêmio d'A Portuguesa. Vestido para a cena, peito estufado, Zé Pito de marinheiro com fitinhas verde-amarelas que lhe davam uma patente, carregando a espada que fora comprada à prestação à viúva centenária de um Major da Guarda Nacional, Almirante Siri como almirante se considerava a partir dos primeiros dias de dezembro, sempre fardado todas as noites.

A primeira grande noite era a do ensaio geral. Toda a tripulação arrastava pelas ruas e ladeiras uma barca do tipo das antigas naus portuguesas, montada sobre rodas. Ficava colocada diante de um palanque em frente à igreja: o navio, no mar, a princípio é impelido por ventos favoráveis, mas no fim da viagem vê-se em apuros. A causa do mau tempo custa a ser conhecida, mas por fim a tripulação descobre que o diabo está no navio, sob a figura do gajeiro da mesena. Cantos e danças, piadas, a orquestra, varando a noite, o Almirante tudo comandando, prestes a ser sacrificado para matar a fome da tripulação.

A barca está toda iluminada com cordões de lâmpadas, a praça cheia, a orquestrinha afina os instrumentos, há os namorados, os vendedores de guloseimas, os velhos saudosistas das jornadas. Almirante Siri, ordenança ao lado, está postado a uns vinte metros de distância, examinando tudo, aprovando, todos estão compenetrados. Casualmente, olha para a esquerda e vê a mulher, contemplando-o, é uma mulata de cabelos lisos e lustrosos, quer ser dele, vê-se. Almirante Siri curva-se um pouco, procura falar o mais refinado boa-noite. Ela mal responde, abrindo a boca para o sorriso de dentes alvos e certos. Almirante Siri não perde muito tempo, conhece sua força, ataca hoje à noite? A mulata balança a cabeça. Depois da função, ele acrescenta. Justo neste momento a orquestrinha dá o sinal e ele se despede, numa curvatura, seguido por Zé Pito: Com licença, vou comandar o meu barco.

No dia seguinte, e nos que vieram, Almirante Siri passou a percorrer o comércio e as casas das pessoas gradas, sempre seguido pelo ordenança com a espada, coletando dinheiro para a folgança. No terceiro dia de sua andança atracou no porto de Recife um navio-escola, com recepções no palácio do governo, nos clubes mais importantes, no próprio navio, os jornais estampado notícias, manchetes e fotos.

O Coronel José Inácio da Luz Pereira, dono exclusivo da Fábrica de Botões Ipiranga no próspero município de Ribeirão, entre a capital e Palmares, lia os jornais depois do café, à noite recebendo os amigos e correligionários políticos, horas a fio discutindo preços de utilidades, medidas eleitoreiras, problemas com operários, situação do município. O Coronel José Inácio da Luz Pereira era um devorador de jornais e as notícias sobre o navio-escola passaram a ser motivo de palestras: a necessidade da formação de jovens oficiais, o alto sentido da nossa Marinha de Guerra, os feitos de Tamandaré, a defesa de nossas costas. Uma coisa chamou a atenção do industrial: as notícias davam conta de que o Almirante Pederneiras Sobral pretendia visitar os centros industriais da região, num congraçamento nacional da Marinha com os capitães da indústria. Intimamente, o Coronel José Inácio da Luz Pereira acalentava a ideia de que o Almirante visitasse sua fábrica e chegou mesmo a pensar em mandar um emissário ao governador, pedindo-lhe que convidasse o Almirante Pederneiras Sobral para um almoço em seu solar e uma visita às suas instalações industriais, quando convocaria toda a sociedade local. Pensou, mas recusou por orgulho: eles que viessem ao seu encontro. Era dono de uma grande fábrica, de um grande latifúndio, de bichos e gente. Seria um ridículo se pedisse ao Almirante Pederneiras Sobral que o visitasse. Pior para o Almirante Pederneiras Sobral.

A chegada do navio-escola coincidiu com uma ideia brilhante que espoucou no quengo do Almirante Siri. Esgotada a lista das casas comerciais e das pessoas gradas que entrava ano e saía ano o ajudavam para maior brilhantismo do Fandango, eis que o Almirante Siri, todo ele um sorriso, parou no meio de uma praça e disse para Zé Pito: Olha, Pitinho, acho que a coisa vai funcionar. Que coisa? Uma coisa que andava aqui dentro da cuca sem eu saber o que era e que repente fiquei sabendo. Pode dizer do que se trata, meu Almirante. Nada mais nada menos do que irmos aos industriais. Nunca fomos. Vamos agora!, bradou. E Zé Pito, ao grito, desembainhou a espada e a ergueu, vibrante. Serenados os ânimos, Zé Pito indagou por onde começamos? Almirante Siri pensou um nadinha e disse, categórico, quando você levantou a espada eu fiquei pensando no berro, melhor dito no brado, que Dom Pedro deu numa folhinha das Fábricas Ipiranga S. A. Vamos começar por lá. Foram procurar o Ford de Guabela, contrataram a viagem, Zé Pito junto ao motorista, espada entre as pernas, Siri atrás, digno e teso, o chapéu de almirante, a roupa de almirante, um almirante.

O Coronel José Inácio da Luz Pereira, à mesma hora, estava acabando de ler o jornal, na varanda de seu solar, deliciando-se e mordendo-se de raiva, ao mesmo tempo, com a notícia do banquete que fora oferecido ao Almirante Pederneiras Sobral pela Associação Comercial, sendo orador o próprio governador, o Almirante agradecendo a proverbial hospitalidade da gloriosa província, terminando com a frase lapidar que Tamandaré havia tomado emprestada ao seu colega Nélson... espera que cada um cumpra seu dever. Deliciado e enraivecido foi chamado pelo lacaio em preto e vermelho para o desjejum, depois do jornal por efeito de sua inquietação pelas notícias. Sentou-se à mesa, afastou, como sempre, o *grapefruit* que vinha semanalmente do sul, com os olhos procurou o prato de ovos estrelados, a tigela de coalhada, a travessa de carne-de-sol, o canjirão de leite, e começou a comer. O Coronel José Inácio da Luz Pereira empanturrou-se com as coisas de que gostava, não dando atenção aos pequenos bocados que Dona Amália espetava, delicadamente, na ponta do garfo. Terminado o repasto acendeu, ainda à mesa, indiferente à cara torcida da consorte, um charuto precioso, soltou umas quatro ou cinco baforadas, e voltou à varanda para jiboiar, na sonolência.

Tinha a impressão de que nem ao menos fechara os olhos quando ouviu uma zuada de palavras corridas, ais meu Deus. Abriu um olho e viu, na outra extremidade da varanda, o grupo dos familiares discutindo com Ligúrio, o secretário. Tudo girava, compreendeu, em torno de uma divergência: se deveriam ou não acordá-lo. Como estava acordado mesmo e ainda mais movido pela curiosidade, já que não respeitavam a sua madorna matinal, pigarreou alto, todos silenciaram, anda, Ligúrio. O secretário mais correu que andou. Que foi que houve? O secretário estava afogueado, arfante, só conseguiu dizer o Almirante. E nada mais disse, mas lhe foi perguntado pelo Coronel José Inácio da Luz Pereira, na secreta esperança de que o dito-cujo houvesse sido assassinado, motivos para longas conversas à noite com correligionários. Morreu? O secretário ficou ainda mais saçaricado. Está aqui. Onde?, berrou o Coronel José Inácio da Luz Pereira, num pulo que não dava havia bem vinte anos. Ambos, o Coronel José Inácio da Luz Pereira e Ligúrio Alcoforado dos Santos, como dois lutadores de faca, tomaram alento, respiraram fundo, se recompuseram. O secretário falou mais calmo: Quando digo aqui, quero dizer em Ribeirão. E quando me refiro a Ribeirão significo, mais precisamente, a Ipiranga. Na fábrica?, murmurou o Coronel José Inácio da Luz Pereira, daqui em diante citado pelo seu apelido familiar de Nacinho. Na fábrica, articulou Ligúrio Alcoforado dos Santos, daqui em diante citado, quando for citado, Meu-Liga, sobejamente conhecido nas melhores pensões da Coreia pelo meretrício média-alta. Me procurou? Procurou. Dizendo o quê? Quero falar com o dono. Assim? Assim. E vocês? Que tem? Que lhe disseram? Não dissemos, agimos. Como? Botei o Almirante no gabinete da presidência, pedi-lhe que tivesse a graça de aguardar um pouco e vim à sua procura. Fez bem, disse Nacinho, afastando os familiares, buscando o paletó, nem foi preciso andar tanto, um dos netos já vinha com ele, vestiu-o, desceu as escadas seguido por Meu-Liga, tomou o automóvel que arrancou com uma raspagem.

Afundado numa poltrona de couro, Almirante Siri, que já havia mandado Zé Pito levantar-se por duas vezes, duas vezes o ordenança, se sentando, comandou em posição de sentido, ordenança, não brinque em serviço, justo no momento em que Nacinho invadia, afobado, o seu gabinete, estacando de súbito. Jamais pensara que o almirante Pederneiras Sobral fosse negro. Dominou-se a custo, embora mais vermelho, adiantou-se de mão estendida, forçando um sorriso, Almirante Siri desdobrou diante dele o seu metro e noventa, Zé Pito ao lado mais parecendo um anão ignorado pelo industrial, as mãos se encontraram, enquanto Nacinho dizia alto e a bom som Almirante, é uma honra inusitada. Em seguida, os dois, constrangidos por motivos diferentes, ficaram um confronte ao outro, sorriso estampado, até que Siri pigarreou e começou Coronel, outra coisa não me traz aqui que não seja, mas Nacinho não deixou que ele continuasse, já sei, já sei, Almirante, já tomei o conhecimento das suas declarações através da nossa imprensa e por consequência estou inteiramente às suas ordens. Siri, então, abriu a vitrina de seus trinta e dois dentes. Permita-me, Almirante, disse ainda Nacinho, quando pôde respirar normalmente, mostrar-lhe a nossa humilde indústria que contribui à sua maneira para a grandeza da nossa pátria. Antes, porém, necessito expedir algumas ordens. Desnecessário será dizer que Vossa Excelência almoçará comigo. Siri concordou com outro sorriso, fique à vontade e me desculpe por um instante, saiu sem esperar resposta, Siri voltou a acomodar-se na poltrona de couro, levaria bem cinco contos de réis, pensou, Zé Pito, diante da situação, não se atreveu a sentar, mas arriscou uma pergunta, que é que há, Almirante, Siri estendeu as pernas, fechou os olhos, eu não lhe digo sempre que um dia macaco é gente? Poucos instantes depois estavam saboreando um cafezinho que lhes levaram em bandeja de prata destinada aos visitantes ilustres.

Daí em diante, Siri, sempre escoltado por Zé Pito que conduzia a espada, foi envolvido numa série de acontecimentos. Nacinho lhe mostrou, com todos os detalhes, o funcionamento da fábrica de botões, o refeitório dos operários que para um olho experimentado passara em questão de meia hora por uma boa limpeza, os escritórios, o armazém, tudo. Siri só fazia concordar com a cabeça, a tal ponto que Nacinho, já meio assustado, comentara baixinho para Meu-Liga ele não faz um comentário, por que será?, ao que Meu-Liga respondera, também baixinho, o homem é um observador dos diabos. Finda a visita à fábrica, o apito apitando meio-dia, rumaram de carro, Zé Pito ao lado do motorista com o punho da espada à altura do queixo, Nacinho e Siri atrás, para o solar do industrial. O carro transpôs o enorme portão aberto pelos vigias de rifle em punho, fez a volta e parou ao pé da escadaria. Quando Siri desceu, foi recebido por uma salva de palmas. Erguendo a cabeça, sempre sorridente, ele viu que o terraço estava apinhado de gente: Nacinho, às pressas, convocara todas as pessoas importantes da cidade, até mesmo certos desafetos políticos. A multidão se compunha de senhores austeros metidos em ternos de casimira, de senhoras vestidas como para um baile, de senhoritas como se fossem debutar, de rapazes como se fossem viajar para a Europa. A multidão abriu alas, sempre batendo palmas, e Nacinho, já então arriscando-se a pegar o Almirante pelo braço, conduziu-o, escoltados por Zé Pito. Os cochichos das damas redobravam à medida que o pequeno cortejo passava e o menos que se ouvia é que jamais tinham visto um negro tão bonito, ao que outras respondiam que não se tratava de um negro mas de um almirante, e ao que ainda outras diziam que era isto que marcava a democracia brasileira, os homens formando um círculo envolvendo Nacinho e o Almirante com seu ordenança, charutos se acendendo. Siri baforando um, acompanhando um copo de uísque, aboletando-se. A conversa generalizou-se enquanto Siri se limitava a sorrir, beber e balançar a cabeça. A uma pergunta mais direta – Qual o seu maior prazer na vida, Almirante – ele respondeu, já mais sério, comandar o meu barco, recebendo uma salva de palmas. E a uma observação – Os marujos deveriam ser os servidores mais bem pagos do Brasil – ele se saiu com esta que todos consideraram de uma enorme sutileza: Eu me arranjo pescando caranguejo. Alguns mais maldosos viram nessa resposta uma alusão velada a mergulhos em fundos públicos. E quando o Almirante asseverou: Nunca bebi uma mais gostosa, todos pensaram que ele se referia à marca do uísque, embora um almirante devesse estar acostumado ao escocês.

Na enorme mesa do banquete, o Almirante à cabeceira, atrás do espaldar da cadeira Zé Pito com a espada nos braços como se se tratasse de um nenê, senhoras e senhores de ambos os lados, Nacinho na outra cabeceira, flores e frutas coloridas, chegavam os criados, de libré, carregando as travessas. O Almirante atrapalhou-se um pouco com a salada de maionese onde havia, de mistura, salmão e arenque, mas o vinho branco lhe foi dando ânimo e calor, ouvia o zum-zum da conversa, ora se voltava para a anfitrioa, ora para uma senhora mais gorda que uma porca bem cevada, balançava a cabeça, sorria. Quando teve de servir-se do peixe o bicho escapuliu, dançou na beira da travessa, a senhora gorda deu um gritinho, o peixe aprumou-se, toda a mesa caiu na gargalhada, o Almirante é formidável!, mas o Almirante estava a essa altura suando mesmo, de agonia, dele já exalava o cheiro do bodum, discretamente a anfitrioa levava o guardanapo ao nariz. Siri olhou desanimado para o seu prato e para os talheres que o cercavam. Teve um lampejo de inteligência, esperou que alguns começassem a servir-se, catou entre os talheres, achou os adequados, esquisitos, nunca imaginara, comeu e bebeu mais. Conseguiu atravessar as aves e as carnes, jamais comera tanto em toda a sua vida, sentia que Zé Pito, atrás da sua cadeira, sempre firme, estava se babando de vontade, prendeu um arroto forte, foi soltando-o devagarinho, pelas ventas, a mistura de vinho levava-o rapidamente à embriaguez, já via tudo como se através de uma névoa e ouvia apenas o burburinho das falas. À sobremesa, espoucada a champanha, o que lhe causou um certo susto, ouviu as palmas, distinguiu o vulto do Coronel José Inácio da Luz Pereira, na outra extremidade, levantando-se, de taça na mão, falando, ele ouvia alguma coisa, realmente, mas não conseguia ligar aves com penas, era marinha, verdes mares, Henrique Dias, nossa raça, brasilidade, qual cisne branco, navio-escola, integração nacional, defesa das nossas costas, a fina flor, Brasil. O Coronel José Inácio da Luz Pereira ergueu a taça, gritou viva, todos se levantaram, ele também, a taça tremia em suas mãos, bebeu tudo de uma vez, todos se sentaram, ele permaneceu em pé, todos os olhos estavam fitos nele, esperavam alguma coisa, o quê?, o tempo ia passando, ouviam-se alguns pigarros, seus olhos, baços, passavam por bigodes, seios opulentos, cabelos grisalhos, flores, copos, pratos, viu através das janelas o céu e as árvores, pensou marco carreira e ninguém me pega, os cochichos cresciam, o Coronel José Inácio da Luz Pereira levantou-se e veio caminhando para ele, chegou ao seu lado, Zé Pitu perfilou-se, em posição de sentido!, a espada como um fuzil, no ombro, era chique, achava, o Coronel José Inácio da Luz Pereira balançou Negro Siri pelo braço, Negro Siri nem coisa, o Coronel José Inácio da Luz Pereira começou a dizer baixinho Almirante, Almirante, foi levantando a voz até berrar um Almirante!!!, Negro Siri olhou-o através da névoa, o homenzinho continuou todos estão esperando o seu discurso, mas que discurso?, conseguiu articular, embora engrolado, o discurso do Almirante Pederneiras Sobral que comanda o nosso navio-escola, honra da Marinha e do Brasil, exemplo do continente americano, ripostou o Coronel José Inácio da Luz Pereira, e eu com isso? perguntou Negro Siri, cada vez mais bêbado, eu só vim aqui mesmo buscar um conto de réis, toda a mesa levantou-se de uma só vez, como?, berrou o Coronel José Inácio da Luz Pereira, cambaleando como se houvesse levado um soco na caixa dos peitos, como?, repetiu, como disse, Almirante Pederneiras Sobral? Um conto de réis por quê? Negro Siri fez o maior esforço para manter os olhos abertos e não cambalear, firmou a língua, destrincou os dentes, tomou a espada de Zé Pito, desembainhou-a, assumiu a atitude do grito da folhinha das Fábricas Ipiranga S. A., berrou na névoa, na tontura, no mareio, porque eu sou o Almirante Siri do Fandango Verdes Mares Bravius da Minha Terra da Freguesia de Nossa Senhora da Conceição dos Palmares!

HIERARQUIA

A Zélia e Ariano Suassuna

Súbito, no corte da madrugada, estalou: havia perdido a parada. Não dava mais jeito, não dera, com todas as forças fizera fé na força do preparado de coisas e palavras juntando raiz de sobreiro com semente de saganha, vinte e quatro fios de cabelo do peito com respectiva raiz, um inseto chamado cantárida, farinha de amendoim, quatro avelãs, moendo tudo até ficar reduzido a uma bola, abrindo um buraco no colchão da cama de casal e colocando a bola dentro, e rezo pelas chagas de Cristo, e pelo amor que voto a Dorabela te escondo, sobreiro ligado com a saganha, os fios do peito, farinha de amendoim, cantárida e as avelãs e quero pela virtude de Cipriano que esta mulher se ligue a mim pelo amor e pela carne; e pronto: o resultado era aquele, a pedra de gelo costumeira, ele perdido

Num lugar todo embaçado
Num lugar todo de noite

afastando-se para evitar atos de arrasamento, nada impedindo que o seu órgão quente, mesmo repelido pela frieza, se arrastasse pelo quarto, só cobra, e cobra grande, bem grandona, já no corredor, empinando-se, a cabeça com seus delicados compartimentos e em cada um dos seus compartimentos tampa de cerveja, pontas de cigarro, pules de jogo do bicho, papel jornal breado, algodões de dentista, gazes e esparadrapos, uma esponja do mar, cascas de aruá, uma aliança de latão; e no arrasto invadindo o quarto deixado só ouviu o grito no desespero, em seguida os ais, mais em seguida mas quase tudo ao mesmo tempo é porque contado assim só dá pra dizer uma coisa de cada vez, o ruído da carreira, desembalada na madrugada fria, recolheu-se o órgão, ninguém diria, tudo como se nada fosse, murcho todo ele, encolhido, nu sem farda, descoberto sem quepe, descalço sem rangedeiras, desarmado sem rabo de galo, desarvorado sem bandeira:

Eis o Soldado que perdeu sua parada
Tomou um copo de cachaça
Foi falar com a Anspeçada

Andou calçadas e calçamentos, passou paredes e prédios, árvores e jardins, passeou bêbados e garrafas, correu mutucas e quedas, era ainda noite mesmo até com estrelas embaçadas, e quando chegou no fim da rua, antes de atravessar o rio, localizou mais pelo tato a morada do Anspeçada, de repente não precisou mais, os olhos viam uma luzinha pálida que dizia ter gente velando, aprochegou-se, brechou e viu o Anspeçada agarrado tal qual carrapato aos peitos carnudos e ebúrneos de Ariqueta-Noites-e-Dias, e os peitos na mamada ora cresciam ora diminuíam, eram uma melancia empinada ou uma laranja redonda conforme a chupada, o que o Anspeçada bebia nos peitos saía que nem repuxo luminoso por sua estrovenga, só que se desfazia mesmo no ar, em borrifos, acho que já estou aqui há bem oitenta minutos, vou bater, mas como é que se interrompe uma noite de festa dessas, mas tenho, vou na queixa, meu superior imediato tem de ouvir minha parte, e lá vou eu, com o Anspeçada já se sabia: a duas palavras três porradas, mas não tem jeito não, é o jeito, eu primeiro, meus interesses, desculpe, pancadão, logo logo tudo escuro, que nem nem, ah é assim derrubo a porta, ouviu a voz

> *O homem educado*
> *Não cospe no chão*
> *Não bate nas portas*
> *Não diz palavrão,*

mas nem ligou à cantoria, tinha caso urgente, a mesma coisa pensava Anspeçada, era um dilema, tu de lá e eu de cá e no meio uma parede. E tome pancada na porta, quando viu a porta se abriu e o Anspeçada em posição de defesa e ataque ao mesmo tempo, os pés fincados no chão e a carabina com baioneta calada, era uma estocada e varar, entrava dum lado e saía do outro, quando viu ô-lá-lá é o meu camarada, que é que faz por aqui na fresca da madrugada, eu que mal lhe responda estou nas ingresias do mal de amor, conto como sucedeu, desafiou a história, o Anspeçada sentiu-a mais que ninguém, pois estava regalado do outro lado, espere aí, deixe eu botar a farda decente, nem bem disse já se achava em posição de marcha, Ariqueta-Noites-e-Dias só fez dizer com sua vozinha de pintassilgo volte logo que amanhã não tem mais, os dois já estavam para acelerar, aceleraram:

> *O Anspeçada era um homem muito brabo*
> *Tomou duas abrideiras*
> *Foi falar com o seu Cabo.*

Era no outro lado da cidade, na outra ponta, e o tempo urgia levando-se em conta a aflição e o desejo do Soldado, mas quem não tem asas anda, podendo correr mas cansa, e da casa do Anspeçada para a do Cabo aconteceram imprevistos: socorro a um menino extraviado que custou a entender onde moravam seus pais, a perna quebrada de Mucurana que teve de ser encanada com uma telha mesmo à falta de pau-de-jangada, a demora em ajudar Teotônio Beija-Flor a localizar a botija que ele nunca localizava e que dessa vez também não localizou, e tudo isto levou tempo, tanto que quando chegaram à casa do Cabo ele ainda não voltara, só encontraram mesmo duas velas se consumindo, um cheiro de remédio, café requentado e xícaras sujas, num canto a avó fazendo renda de bilro com punhais de prata e linha de ouro, cantando de boca fechada e olhos cegos, tão alto que parecia mesmo voz de corneta, o Soldado e o Anspeçada não se animaram a questioná-la, era esperar que terminasse, sempre a mesma letra:

Quem era eu
Quem eras tu
Quem som'agora
Companheiros de outrora
Inimigos do amor,

numa carpição colorida, o ritmo mudando de valsa para modinha, lembrava também um maracatu, alheia a dama, só cantando e os dedos traçando uma renda alcoviteira chamada amor em pedaços, o tempo passando, o Soldado como gato em braças, se fosse esperar que terminasse não sairiam dali nunca que nunca, quando já iam interrompê-la ouviram o tropel dum cavalo, nem bem se viraram e nem bem chegaram à porta era o Cabo sem armas, um fumo preto rodeando a manga do braço direito, mal apeou e já o Anspeçada lhe contava a história, a magoada história do Soldado, o Cabo não tugiu nem mugiu, só fez dizer pere aí, no que entrou e saiu os outros nem esperam mais:

O Cabo viera de um funeral
Tomou umas três bicadas
Foi falar com o Caporal

E desandaram a andar, pratrasmente, o Caporal sempre se adoletava no centro da cidade, quer-se dizer, nas imediações do centro, no alto de um outeiro, durante a caminhada nada de mais aconteceu, depois, porque no princípio o Cabo andava devagar como quem procura com os pés penico no escuro, foi preciso que o Anspeçada lhe fizesse duas continências e o Soldado quatro, em posição de sentido, alto, num requerimento respeitoso, rápido e provado que eficiente, pois o Cabo desandou a correr, também não era preciso nem tanto, foi o que lhe disseram, noutro requerimento, Soldado e Anspeçada, sentido, alto, duas continências, aí o Cabo normalizou, e com os minutos recuando alcançaram a casa do Caporal na hora exata de evitar o chuvisquinho, o Caporal estava na sala de visitas ajoelhado diante da imagem de São Benedito, da cor dele Caporal, cantando:

Me deram uma gata
Mas eu não fiz fé
Só deu prejuízo
Eu sou tão mané!

e a gata estava debaixo dos seus joelhos, subjugada, miando de fazer dó, querendo arranhar sem poder na maior parte, podendo noutras, uma pouca de sangue no chão, do Caporal e da gata, porque na mão direita do Caporal havia uma faca que aos pouquinhos sangrava a gata e na mão esquerda de Caporal um copinho com mel de uruçu que ele ia bebendo aos golinhos, de vez em quando parava de cantar sua cantiga e falava com São Benedito lhe explicando que a gata, ao contrário do que lhe dissera um escriba paraibano, não descomia dinheiro, pelo que ele não aguentava os gastos, que não eram poucos, a gata só queria filé minhão e manteiga lepelitiê, fugia de ratos e se arrepiava com baratas, o Soldado e o Anspeçada só aguentaram mesmo até o Caporal sangrar a gata que, nessa hora, nas vascas da agonia, na ânsia da vida, pariu uns gatinhos que saíram correndo e se perderam na madrugada, o Caporal deu duas cambalhotas, levantou-se bebericando mel, que desejam os senhores militares, os senhores militares foram às continências enquanto o Caporal esvaziada mais uma vez o copinho e depois das continências lhe explicaram o sucedido e o pretendido e

O Caporal parou de beber mel
Tomou quatro cipoadas
Foi falar com o Furriel

Na madrugada fechada se guiaram pela luz das estrelas como bons navegantes e pelas ouças como bons sacanas já que sabiam dos vícios e das manias do Furriel, elemento deletério e contumaz, enquanto o vento não trouxesse os sinais eles teriam de caminhar em volta como peru, só que o círculo se abria cada vez mais, na primeira volta abarcaram o jardim público, o Beco do Beija-Flor, o Pátio do Mercado, a igreja, o Mauriti, metade do rio, já estavam no jardim de novo, alargaram o círculo e aí já pegaram o rio pelo outro lado, a Baixa da Égua, o cruzeiro, e quando se aprontaram para avançar ainda mais rápido ouviram o baque, era um samba de matuto, Mestre Calabreu devia estar por lá nas suas loas, era no Alto do Lenhador, só fizeram uma volta de corpo e já estavam perto quando ouviram um pipoco e viram carreira de mulher, ouviram gritos de mulher e viram saltos de homem, viram mulheres com a saia na cabeça e viram quatro seis dez homens se fazendo na faca no meio da rua, saíam faíscas, o chuvisco passou pra eles brigarem mais no conforto, são dádivas da natureza, depois haveria de chegar aguaceiro grosso mesmo para a lavagem das vísceras, por enquanto era terreno seco, já caiu um prum lado, foi quando a figura pulou no meio:

Ele não tinha bandeira
Levantou a macaxeira
Aí ninguém brigou mais,

porque era o Furriel, abarrancado, respeitado, retorcido na rasteira, certeiro na pontaria, mão firme na faca, tão valente que nascera de dez meses só por teimosia e rasgara a mãe lá dele num buraco a outro dizem que de dentada na raiva de estar transpondo a porteira do mundo, e na volta que ele deu seus olhos bateram no cáqui e viu que ali estava era um destacamento, só podia ser, destacamento de patente já que só havia um raso, justamente o penitente como veio a saber, ouças bem apuradas, decisões repentinas, capiscou?, foi a indagação do Cabo, a patente superior só respondendo xi!, ele,

O Furriel tal e qual um pé de vento
Tomou bem cinco doidinhas
Foi falar com o Sargento.

A ronda começara às quatro e já eram três e vinte, diabo de tempo, flecharam em direção à residência do Sargento, na beira do rio, mais cômodo para ele, viciado em peixes, camarões e pitus, jamais comera carne em toda a sua vida, só coisas do rio, do cágado ao aruá, do muçu ao jacaré, aquela era a horinha de que ele dispunha para cuidar da horta, todos sabiam, ocupado o tempo todo, a horta ia até a beira d'água, viçosa, cada tomate do tamanho de uma manga e cada manga, no pomar ao lado, do tamanho de uma jaca, não plantava melancia porque tinha medo de não caber no seu terreno, todos sabiam, por isto não se enveredaram pela frente mas pelo traseiro da residência, diretamente pra horta, de longe já o avistaram com a farda branca e as botinas bem engraxadas, o quepe chegava a brilhar, com o facão rabo de galo ia decepando a erva daninha que em virtude da técnica já caía arrumada em montinhos, o Não-Me-Queres cantando a plenos pulmões, apelido posto-lhe pelas quengas do Alto do Lenhador por ele lhes ser indiferente, tudo porque casto, a gala se acumulara, subira para a cabeça, formara um queijo, daí a outra alcunha de Queijudo, mas cantava:

É a tiririca branca
Dessa branca navalheira
Buranhém corta ponteira
Japecanga folharal,

e nisso a patrulha já estava ao pé dele nas continências costumeiras, no pasmo primeiro dos quiabos, maxixes, chuchus, coentros, tomates, alfaces, cada um desse tamanhão, deitado em cada pé de repolho não tinha que ver um nenê, tudo muito do chique, coisas do Não-Me-Queres, que apontava para o pomar, respondendo aos pasmos da patrulha, informando minhas jabuticabas, quando é tempo, precisa ver, vem gente até de fora, de lasão, venham, vamos entrando, não é preciso, responderam, estamos na urgência, se mal perguntem do que se trata, aí o Furriel tomou a palavra e o pôs a par da embaixada, o Sargento foi o primeiro a indagar e na hipótese de não encontrarmos solução, mas não continuou o pensamento porque o Furriel indagou desejoso de aprender o que é hipótese, ao que o Queijudo respondeu com a maior sapiência hipótese é uma coisa que não é mas que a gente faz de conta que é para ver se for como é que fica depois, no ato declarado, foram testemunhas de que:

*O Sargento Queijudo ou Não-Me-Queres
Tomou seis engasga-gatos
Foi falar com Alferes.*

Aí a coisa ficou mais fino porque o Alferes não tinha morada certa, todo o mundo sabendo que sua mulher mudava de casa como quem trocava de roupa, tudo por motivo de leviandade, explico: quando ficava por demais conhecida, falada e comentada pelas vizinhas, arrumava os cacarecos e saía com a mudança pela cidade procurando casa até encontrar uma: tapera ou alvenaria, choupana ou palacete, aboletando-se de seu, endoidando dono da padaria, o de secos e molhados, o açougueiro na cobrança das contas, como ia endoidar os briosos militares àquela hora cada vez mais recuada da madrugada, nas ruas somente bichos noturnos como gatos e gatas, morcegos, baratas, lacraus, grilos, um bacurau citadino e um jegue viciado em serenata, e tome a encher as ruas de pernas, desorientados, sem saberem a quem perguntar, dez minutos se encolheram, dez preciosos minutos, até que felizmente apareceu o Homem com o Bacalhau nas Costas e logo começaram a segui-lo, estava visto que a intenção da figura era mesmo a de levá-los ao destino certo, sobe ladeira desce ladeira, atravessa rio, rodeia praça, entra numa porta e sai pela outra, o Homem do Bacalhau nas Costas sem uma palavra, só bebendo a sua emulsão, o cheiro do óleo abafava o da cachaça que emanava do corpo dos briosos militares arfantes desacostumados a andadas tão aceleradas, botando o bofe pela boca, até que lá deram, o Homem com o Bacalhau nas Costas passou ao largo mas a patrulha parou diante do Alferes de pinho na mão, dedilhando-o no lamento, a casa iluminada e vazia:

*Comigo aconteceu
Levaram minha mulher
Ainda deram n'eu,*

um exagero sem dúvida porque a dita-cuja limitara-se a sair com a sua mudança nas andanças de cômodos vagos, e posto a par das quisilas do Soldado só fez dizer olhem o meu estado e foi quando olharam e viram que sentado no chão, de pernas abertas, o Alferes expunha os quibos besuntados de azeite de carrapateira quente, os quibos demasiadamente inchados, soltou o pinho e mergulhando uma peninha de galinha, macia, dentro de uma lata de manteiga vazia, com ela besuntou os quibos soltando pequenos gemidos, interrompido pelo Sargento que instou na petição: uma chumanga! foi a explosão do Alferes pondo-se de pé num salto, uma chumanga que eu vou lá!, mas aí viu que estava plantado nas pernas e que os quibos não lhe doíam mais, só inchados, por obra e graça da carrapateira, ficou tão contente:

O Alferes logo pôs tudo de lado
Tomou sete fecha-corpos
Foi falar com o Delegado.

A casa do *de cujus* era muito conhecida por todos na cidade, pelos bons e pelos maus, pelas autoridades civis, militares e eclesiásticas, não haveria dificuldade a não ser a da caminhada que ele morava a bem dizer fora de portas, a dificuldade foi somente que o Delegado não estava, saíra para uma diligência, coisa de somenos informou a consorte, volta logo, tenham a bondade de esperar, mas o destacamento estava impaciente, marcando passo tal a embalagem, só foi ouvir a palavra atenção acelerado marche e marchar mesmo sem rumo mas marchar, no hábito e na disciplina da ordem unida, nem bem cinco quilômetros e encontraram o Delegado que vinha da diligência, o criminoso agarrado pelo cós da calça os pés mal tocando o chão, poeirinha, o Delegado mais que depressa passou para o destacamento o indigitado réu, mas o destacamento, pela voz do Alferes, levou ao conhecimento da autoridade o sinequanão do problema, ao que o Delegado logo aquiesceu, pondo-se a cantar

Era uma cobra tão velha
Mas tão velha velha neste mundo
Que em serpente se virou,

sem quê nem para quê no entender do destacamento, mas logo o Delegado explicou que aquilo era um eufemismo, coisa uma que queria dizer coisa outra, a serpente no caso sendo o amor contrariado, a cantoria então muito gavada pelos presentes, estabelecendo-se uma cordial conversa, saindo uma garrafa ninguém sabia donde para maior desconsolo do Soldado, do regabofe participando o prisioneiro, que só abriu a boca quando inquirido pelo Alferes: O senhor bebe?, para responder acertadamente: Bebo, jogo, fumo e danço e agora estou aprendendo a comer terra, isto enquanto o Delegado explicava o seu crime: Esse desinfeliz, imaginem, teve o desplante de andar sonhando que dona Hepilazim Rodela, digna filha de Maria, pudica e recatada, nos abrenúncios das porcarias da carne se prostituía nas gatimonhas mais imorais de pernas, beiços, traseiros e dianteiros, tudo por dinheiro, nem sequer amor, e nessa noite, por azar dele, fui flagrá-lo no sonho, dando-lhe voz de prisão; e eu que tome no frande, abriu a boca o detento pela segunda vez, porque vive difamando as pessoas obtemperou o Delegado, e nem sonhar se pode mais?, voltou o flagrado, não quando é sonho de subversão moral, retornou a autoridade, marche pra cadeia que eu já lá chego, vou dar conta aqui dessa parada, confio no seu bom proceder de cidadão alcançado pelas penas da lei, quando o Alferes recomeçou a história do Soldado ele, o Delegado, impediu o discurso com um gesto de mão muito autoritário:

O Delegado tinha já tudo de cor
Tomou oito jeribitas
Foi falar com o Major.

Já muito nosso conhecido o Major em circunstâncias outras, em peripécias e selemenquências, seu lábio rachado, seu heroísmo paraguaio, espada flamejante e dardo perfurador, fumaças do guerreiro e arroubos de galante, nessa madrugada sentado diante de sua quinta mulher, italiana dum morenaço! havia pouco importada para o burgo, fornecedora para aniversários de crianças, e para caixões mortuários dos provectos que se iam, fornecedora pois não de pétalas de rosas, somente pétalas, que da sua garganta saíam, aveludadas e perfumadas, em várias tonalidades indo do vermelho-escuro ao chá, o casal surpreendido pela companhia estacada em posição de sentido, as pétalas saíam e caíam numa bacia de louça, enchendo-a e transbordando, o Major tentava pela milionésima vez a decifração, não das pétalas que brotavam da garganta da italiana dum morenaço! importada, mas da hora em que a noite cede lugar ao dia, o preciso instante, quando se poderia dizer com toda a precisão é dia agora, agora e não mais, quem suspira pétalas bem que pode conhecer a precisão matemática da passagem, e o Major insistia com o seu refrão:

Responda vamos responda
Não tenha medo da ronda
Que ela hoje não vem cá

e não estava a ronda mas a companhia, o Major se levantou a contragosto marchando para o Delegado, a mulher calmamente abrindo e fechando a boca tal qual passarinho alimentando filhote e as pétalas despencando em chuva, o Major indagou ríspido e aborrecido o que desejavam com aquela formação, o Delegado fez um arrodeio dos diabos para colocá-lo a par do infortúnio do Soldado que perdera a parada e o Major ato contínuo foi de uma compreensão a toda prova pois que ele também estava com uma parada por decidir sem saber quando nem como, paciência não lhe faltava mas tempo, por isto largando de mão o bem mais precioso, a decifração da madrugada, o

Major só fez gritar avante
Tomou nove homeopatias
Foi falar com o Comandante.

Era assaz difícil conter o ímpeto guerreiro do Major, à frente do batalhão, espada desembainhada que para tal missão se fardara com dourados e prateados, marchando impávido e sereno, ordinário marche, esquerda volver, direita volver, acelerado, nada de alto, o que ele queria os outros não sabiam ao certo, passaram vezes sem conta pela casa do Comandante, toda iluminada como um navio em alto-mar em noite de escuro, afastavam-se, avançavam, recuavam, era obedecer ao superior até que ele entendesse de iniciar as conversações, havia galos cantando no aumento da impaciência do Soldado que ainda tinha esperanças de afogar o ganso no lago remansoso da sua ingrata nem que fosse à força, sob coação, mandos e torturas, tanto fazia, mas o Major ia nas voltas, sem ligar no mais, até que gritou na taquara esganiçada do lábio: alto!, isto somente porque ouviu a voz clara, abaritonada, varando a madrugada:

Já estou arrepiado
Vem a Besta Fera
Vem a Besta vem

e só podia ser o Comandante com aquelas histórias crentes e praticantes das artes da magia, invocador de mandingas e quebrantos, leitor do *Livro de São Cipriano* e aplicador das suas receitas, tudo de uma certa atração para o Major que mais alto comandou em frente acelerado marche e logo alto que estavam no alpendre diante do estrompa que pôs o seu disco e recitou uma noite eu sonhei que devia cavar no quintal da minha casa que ia achar três pedrinhas de carvão, com elas devendo riscar três cruzes na porta, nas janelas, e nas portas e janelas de todas as casas daqui da cidade para impedir a entrada da Besta Fera, e quando acordei cavei no lugar indicado que eu não digo qual era, encontrei as três pedrinhas e fiz tudo como no sonho se dizia que eu fizesse e choveu quinze dias e quinze noites, peixes grandes passeando no Pátio do Mercado, e depois foram dizer que era mágica de Dom, aquele era que foi preso como comunista e envultou, está aí por que eu hoje estou cismado, é que voltei a sonhar com as três pedrinhas, noutro lugar, tenho que evitar o relincho da Besta Fera; e foi preciso que o Delegado lhe contasse o aperreio do Soldado cinco vezes seguidas, de cada vez mais alto, aí

O Comandante com a fama de cristão
Tomou dez imaculadas
Foi falar com o Sacristão

Era fácil: o sacrista morava nos fundos da igreja matriz, bem no Pátio do Mercado, questão de mais ou menos quinze minutos de onde estavam, mas não contavam com o toró que caiu sem pedir licença, cada pingo do tamanho de uma sapota, obrigando o regimento a se refugiar em beirais, e lá vai demora, isto não passa tão cedo, sentenciou o Comandante, vamos embora, e saíram debaixo d'água, com pouco pintos molhados, a pressão cachaceira desaparecendo, foi chegar na porta do Sacristão, ouvir a cantiga e a chuva passar:

É somente o sereno
Não é chuva não
É o orvalho da manhã
Na minha canção

e o Sacristão se espantou com grandes espantos de toda aquela corporação na minha modesta residência, cheio de salamaleques, curvas e recurvas, ademanes próprios de um sacrista, em que posso ser útil a tão distintas patentes, façam o favor, venham tomar um cordial, só havia vinho de missa e vinho de missa beberam, bem três garrafas, somente adocicado e sem efeito de estuporar, mas venham conhecer o meu modesto lar, o lar de um solteirão, aqui são as minhas cozinhas, era uma junta da outra, uma onde tudo estava intocado com fogão, panelas, pratos, e assim vai permanecer para sempre, e outra, esta aqui, com fogão e lenha, dia e noite sem parar o fogo aceso, vamos tomar um café com beiju, vamos, tomaram, acenderam cigarros, andaram pelos diversos cômodos abarrotados de baús e arcas todos cheios de lençóis, toalhas de mesa, cortinas, roupas de baixo bem cortadas e bordadas à mão, nunca vesti, jamais vestirei, é pra ficarem guardadas que guardadas ficarão, pronto, eu ia dizer uma coisa que passou pelo ar não passou pelo pensamento não que se passasse pelo pensamento eu sabia o que era, ao que o Comandante aproveitou para historiar a embaixada, e

O Sacristão que já tinha sido frade
Tomou onze já-começas
Foi falar com o senhor Padre.

Era a um passo: tinha somente oito quilômetros de corredor e depois meandros, labirintos, túneis, cavernas, tudo datando da época dos flamengos, o Sacristão à frente com uma tocha na mão, legítimo capa e espada, muito próprio para assombrações e sadeanices de frades libidinosos, perjuros, excomungados, assassinos, havia morcegos voando dum pra outro lado, ratos de esgotos, baratas cascudas, um bafio esquisito, e à proporção que o túnel principal se alargava o exército ouvia uma voz seráfica entoando com raiva:

> *É desde a Semana Santa*
> *Que essa desgraça não canta*
> *Vem aqui só perturbar,*

sinal de que já estavam perto de alguém, logo mais o Sacristão apagou o archote, não era mais escuridão e sim penumbra, empurrou uma porta rangendo nos gonzos e viram uma coruja voar, o Padre levantar-se, fazer o sinal da cruz, colocar a estola e postar-se atrás do confessionário, à espera, o Soldado se ajoelhou, desfiou sua desgraça, a frieza da sua amada, o seu poder de fogo e o Padre o absolveu dando-lhe como penitência não comer peru no Natal; e ao Anspeçada que lhe falou dos peitos de Ariqueta-Noites-e-Dias não comer canjica no São João; e ao Cabo que enterrara sua mulher não comer filhós no Carnaval; e ao Caporal que fora blefado pelo escriba paraibano não comer quibebe na Semana Santa; e ao Furriel por causa da sua valentia despudorada não comer durante um ano o prato de sua preferência que era mão de vaca; e ao Sargento que não conhecia mulher não comer da sua horta nem do seu pomar durante cerca de um ano e meio; e ao Alferes que era corno não comer feijoada completa até que inteirasse sete meses; e ao Delegado arbitrário em suas prisões não comer xerém pelo resto da sua vida; e ao Major que explorava os pensamentos da consorte não comer a própria mulher pelo espaço de cinco meses e dois dias; e ao Comandante não quis dar absolvição, portanto não penitência, tendo em vista seus pactos com os adversários; e a todos, com exceção do dito Comandante que por sinal não se incomodou muito com a coisa e do Sacristão que já estava absolvido por natureza, mandou que rezassem seiscentos padre-nossos e mil e duzentas e duas ave-marias, antes do pôr do sol, e finda a sua tarefa abriu-se num sorriso para o Sacristão e lhe disse; O doce ficou pasmoso, enquanto todos boiavam e o Sacristão se abria num sorriso ainda muito maior, ficando vermelho como um pimentão, tendo necessidade de explicar que nas horas de folga fabricava um doce de jabuticaba que era mesmo um pecado, o Padre o interrompendo para, com as duas mãos espalmadas no seu ventre rotundo de tambor, indagar de todos o que mais desejavam afora a confissão que ninguém desejara, pelo que o Comandante tomou a palavra e lhe disse da infelicidade do Soldado, o Padre fazendo que de nada sabia por causa do já invocado segredo do confessionário, pensou um bocado, e logo se viu:

O Senhor Padre era um homem santarrão
Tomou doze lamparinas
Foi falar com o Tabelião.

Passava-se, assim, do eclesiástico ao civil, sem sair, porém, da égide militar, o que era de muito bom conselho e salutar prudência porque se em tempo de murici cada qual cuida de si em tempo de militar é bom ficar sob a proteção das armas, os militares, através dos subordinados, cuidando da população: do sono, da comida, da bebida, do amor, da religião, do jogo, da fome, do comportamento e do pensamento da população, e todos comungando com esta ideia, ainda mais sob o estandarte triunfante da Igreja representada pela batina lustrosa do senhor Padre, esvoaçante no quase palor da madrugada, os relógios marcando já as duas e quarenta, enquanto todos trocavam ideias para espairecer o Soldado se angustiava com a marcha dos ponteiros, mas de qualquer modo se avançava para a casa do Tabelião João Costacurta, com toda a certeza o maior avarento do burgo, tendo suplantado Santos Lafaiete no último semestre, àquela hora com certeza às voltas com problemas de dinheiro e foi dito e feito, sua cantiga já dizia:

É cem mil-réis carimbado
Tá novo que tá danado
Pra meu bolso venha já,

isto num ritmo acelerado de samba de matuto, a mão direita entrando e saindo do cofre, todos parados vendo a operação, o bolso estofando, as cédulas passavam avoando no gesto preciso, mais parecia uma máquina, não errava: rolava o segredo, pra lá pra cá, clique, o ventinho do vácuo da porta ao se abrir ao mesmo tempo que o som fofo, o braço dava o bote, a mão trazia a cédula, descrevia a curva, desaparecia no bolso, recomeçava, espetáculo quiçá comovente outrossim dito e afirmado por todos os ali presentes na dita ocasião, e se o Soldado não falasse ao Anspeçada este ao Cabo o Cabo ao Caporal o Caporal ao Furriel o Furriel ao Sargento o Sargento ao Alferes o Alferes ao Delegado o Delegado ao Major o Major ao Comandante o Comandante ao Sacristão e o Sacristão ao Padre que se benzendo interrompeu a cerimônia do Tabelião João Costacurta, o referido ainda estaria no seu vaivém contábil, do qual saiu para ouvir a lenga-lenga ainda não resolvida na área militar e na esfera eclesiástica e ao ouvi-la foi diminuindo, diminuindo, figura reles e insignificante:

O Tabelião quase virou alcanfor
Tomou treze maçanganas
Foi falar com o Promotor.

Podia ser encontrado fornicando calmamente em casa de Quitéria Balaio, isto depois de haver lido os anúncios e a seção fúnebre do jornal vespertino que chegara do Recife pelo último trem, para ele nada mais sacana e próprio para levantar que as ditas notícias reveladoras dos mais íntimos segredos da humanidade despojada na morte e na moradia, coisa muito na base do sutil porque não se entendia muito bem onde estava a sacanagem, mas era coisa dele, própria, cada um se excita da maneira que melhor lhe convém, e na súbita do Alto do Lenhador, para onde estavam indo outra vez naquela madrugada, já ouviam a cantiga do ilustre representante do Ministério Público:

> *Pomada de odefodega*
> *Pra passar no fiofó,*

fina e afinada na sua voz de tenorino, podia-se que não era o homem que fingia ser, tanto que na roda do bilhar de Nenê Milhaço já o haviam apelidado de Tanto-Faz ou Qualquer-Prazer-Me-Diverte, mas naquela hora estava exercendo suas funções reprodutoras com a maior proficiência num esfrega violento, fornicando e cantando, coisa digna de nota, tiveram de esperar que a sessão acabasse, não se animavam a provocar a interrupção do coito da Lei, acabou, lavou-se, chegou-se à porta de meias de seda preta sustentadas por ligas coloridas, ceroulas de seda com listras da largura de dois dedos, camisa do mesmo tecido e padrão, gravata-borboleta azul e vermelha, as mangas sustentadas por elásticos azuis, e com a maior dignidade ouviu a arenga do Tabelião João Costacurta, a puta chegando-se por sua vez numa camisolinha de seda transparente onde se fixaram todos os olhos:

> *O Promotor de alcunha Tanto-Faz*
> *Tomou catorze negrinhas*
> *Foi falar com o Juiz de Paz.*

Igual a um livro encadernado em verde numa estante de vidro, Sua Excelência o Senhor Juiz de Paz só recebia com hora marcada e todos sabiam disto, razão pela qual levantou-se a discussão já no Pátio do Mercado, acertando-se providências que impelissem o ilustre magistrado a conceder audiência sem a antecipação de pelo menos umas duas semanas como ele costumava fazer, pelo que aceitaram a sugestão do senhor Padre no sentido de levarem dona Inácia Lambe-Lambe, digna esposa do Tabelião Chico Viperino, rival do pertencente à procissão, mas da hora da precisão tudo valia, e foi o que fizeram, acordaram a matrona que, posta a par do sucedido, logo se prontificou a tudo, agora vem a explicação do por que levar dona Inácia Lambe-Lambe, ei-la: por que dona Inácia Lambe-Lambe sabia da vida de tudo quanto fosse ser vivente da paróquia e a única fraqueza do Excelentíssimo Senhor Doutor Juiz de Paz era o mexerico, o disse que disse, o leva e traz, babando-se todo por uma história bem safada, os olhos brilhando de gozo, cantando cantigas deste tipo:

A mulher lhe deu dinheiro
Ele deu à mulher dele
Para dar a quem gozasse

e isto se devia referir a algum acontecimento recente porque Sua Excelência o Excelentíssimo Senhor Doutor Juiz de Paz versejava e improvisava em torno das safadezas de que ia tomando conhecimento e eis por que calou-se ao ouvir as primeiras batidas na porta, mas logo a abriu ao saber que se tratava de dona Inácia Lambe-Lambe, a sem-par, farejando história de escândalo, e ao ver tantos à sua frente assustou-se, mas logo acalmou-se, porque dona Inácia Lambe-Lambe tomou a palavra e com uma fluência, uns tons poéticos, umas figuras de retórica, uma ponta de língua inigualável estoriou o tido e havido com o Soldado, retirando-se ato contínuo a penates, a tal ponto que:

> *O Juiz de Paz velhote mexeriqueiro*
> *Tomou quinze óleos de cana*
> *Foi falar com o Conselheiro.*

O Conselheiro Teodorico de Albuquerque Santarém Ouvidos da Anunciação fora figura do Império, jamais obedecendo a leis, regulamentos, decretos, artigos ou parágrafos da República, passando por cima de tudo quanto fosse patente militar, civil ou eclesiástica, daí o seu prestígio e o acatamento às suas decisões que eram ditadas através do belcanto, já que o Conselheiro fora em sua mocidade um tenor de brilho excepcional, amador emérito, pertencente à Arcádia Lírica, guardando ainda na velhice o sestro das árias, cantando sem parar a qualquer hora do dia ou da noite porque havia muito tempo perdera a faculdade do sono, aproveitando todos os minutos no estudo das traviatas e das cavalarias rusticanas, mas também compondo versinhos aos quais adaptava as músicas tão queridas, como naquela hora, varando a madrugada:

> *Foi um dia de horror*
> *Naquele alto infinito*
> *Devia ser um espírito*
> *Foi o Diabo que mandou*

e isto ecoando lúgubre, tão triste quanto cai a tarde tristonha e serena em macio e suave langor, só que mais, pelo que todos pararam e ficaram escutando, cada um com seu pressentimento, cada um com seu presságio, a quadra repetida, sentia-se que o cantor-poeta tentava compor outras porque se ouvia a batida em teclas do velho piano à procura de uma nota fugidia, o jeito era repetir, e repetia, até que o Doutor Juiz de Paz toque-toque-

-toque, com os nós dos dedos, niente, mais forte, coisa de derrubar porta, houve um silêncio, o Meritíssimo aproveitou-se para novas batidas, houve uma pausa, a voz numa declamação cantada: Quem bate, a noite é sombria, quem bate, é rijo o tufão, não ouvis a ventania, ladra a lua como um cão; ao que o Merítissimo Juiz de Paz respondeu: Quem bate, o nome que importa, chamam-me dor abra a porta, chamam-me frio abra o lar, dá-me pão que eu tenho fome, necessidade é o meu nome; e o Conselheiro, abrindo a porta: Mendigo, podeis passar; e todos passaram e foram às vacas gordas e:

> *O Conselheiro emitindo um dó de peito*
> *Tomou dezesseis paus-dentro*
> *Foi falar com o Prefeito.*

O Edil Maior não se comprometia com ninguém, não era de assumir compromissos, nem mesmo com os seus eleitores quando, de vinte em vinte anos, havia eleições, ele plantado no cargo, pessoa de confiança que era na área mandona, também não abusava, se não se comprometia também não abusava, danado de trabalhar, dividindo seu expediente em três turnos: de meia-noite às oito da manhã no trabalho burocrático, de oito da manhã às quatro da tarde na fiscalização dos serviços externos, e das quatro da tarde à meia-noite na arrecadação dos impostos municipais que não confiava em fiscais e cobradores, tudo sendo por ele controlado, pelo que estava emagrecendo a olhos vistos, galopantemente, numa média de cinco quilos por mês, devia estar com bem uns vinte num homem de um metro e oitenta, naquela marcha todos esperavam que ele desaparecesse dentro de quatro meses, matemática certa; mas naquela madrugada fatídica – emprega-se a palavra pela primeira vez – ainda se mostrava bem-disposto, tanto que cantava:

> *Amigo, vá trabalhar*
> *E depois de seu trabalho*
> *Coma milho ou munguzá,*

depois ouvindo a arenga na tosca do Conselheiro, nuns versos quase incompreensíveis, sendo preciso que o senhor Padre traduzisse tudo para o latim e aí a luz se fez e:

> *O Prefeito embora muito do arisco*
> *Tomou dezessete usgas*
> *Foi falar com o senhor Bispo.*

Ora, vá se queixa ao Bispo, tão claro, tão meridiano, a volta ao seio da Mãe Igreja, e todos foram ao palácio de Sua Excelência Reverendíssima, iluminado àquela hora, as beatas entrando e saindo, pobres esperando na calçada, ricos chegando de cabriolé, chegando e adentrando o palácio que não cheirava a incenso pelo qual o Senhor Bispo tinha uma certa alergia, mas a alecrim, essência de alecrim feita por Cheiroso, o mamulengueiro da cidade, vendida a seu Lagos da farmácia, transformada em perfume importado que o Senhor Bispo não iria usar coisa de somenos, só finuras catitas estrangeiras, não romanas mas parisienses, dono de uma sabedoria de dois mil anos, era pelo menos o que aparentava, mas os mais íntimos falavam da sua prosopopeia e era o que dava a entender em relação à transitoriedade do mundo, cantando:

> *O meu anel é dos outros*
> *Esta cruz é emprestada*
> *De mim eu não tenho nada,*

com a maior humildade e todos em genuflexões, beija--mãos, curvaturas e aí já eram duas da manhã cravadas e em atenção a tão democrática embaixada o senhor Bispo dignou-se a passar a um aposento ao lado e a ouvir com atenção cada vez maior à proporção que tomava conhecimento da inaudita situação do Soldado Raso, todo condoído, piedoso, o Bispo arrastou a cadeira de espaldar alto, o Bispo sentou-se, a freira chegou e serviu ao Bispo:

> *O Bispo tomou sopa de quiabo*
> *Bebeu tudo o que havia*
> *E foi falar com o Diabo.*

Todos os sinos tocando, todas as casas se abrindo, todos os foguetes subindo, a procissão no meio da rua atrás do Bispo, nos andores todos os santos, na frente, destacado, o grupo peticionário rodeando o Bispo que foi à procura do Diabo no Alto do Lenhador, não o encontrando; no Pastoril da Catota Galho Velho, não o encontrando tampouco; no cisplandim de Nenê Milhaço, e nem aí; na igreja presbiteriana, nem; de casa em casa daqueles que eram suspeitos como portadores dos sete pecados capitais, e nem nada; o Diabo não era encontrado, a busca demorou de duas da manhã à meia-noite do mesmo dia, até que na primeira batida, já desanimados, foram acudidos por um trêfego, buliçoso, chocarreiro cara de pau, de nome Mosquito, que aos pulos e cambalhotas no meio da poeira conduziu-os à presença do Gerente da The Great Western of Brazil Railway Company Limited, que tudo ouviu sem pestanejar, fumando o seu cachimbo de espuma do mar, e deu-se:

> *O Gerente disse não*
> *Tomou uma talagada*
> *Com aguarrás e alcatrão*
> *Pegou todos num punhado*
> *Botou num caldeirão*
> *Mexeu bem mexido*
> *E comeu com pirão.*

LINDALVA

Obra de uns seis para oito anos durava o namoro: sabonete Dorly nas segundas-feiras, brilhantina Flor de Amor nas terças, colônia Royal-Briar nas quartas, talco Ross nas quintas, esmalte para as unhas nas sextas, nos sábados uma lata de goiabada marca Peixe e nos domingos um pão de ló feito por sua tia, com quem morava desde que órfão ficara, Antônio Periquito das Neves Cândido, mais conhecido como Candinho-das-Amas, especializado em aventuras domésticas para satisfação do corpo, mas par constante de Lindalva, moradora na Rua da Ponte, quase em terras do Engenho Japaranduba, em cuja janela se debruçava todas as noites às sete, saindo às dez, antes entregando-lhe o presente do dia, sem contar os das quatro festas do ano, no Carnaval uma caixa de Vlan, pelo São João fogos de bengala, na festa da padroeira gravuras da santa, pelo Natal um bolo de bacia, isto sem levar em conta as frutas da estação e outras bugigangas tais como biliros, fitas, meias, batons, ruges, marrafas, anéis de feira, pulseiras de vidro, brincos de fantasia, até mesmo um corte de fazenda.

Desusados esforços envidava Candinho-das-Amas para o presente do dia, já que empregado na redação do tempo azeitando o eixo do sol, nos conformes dos dizeres da tia, ditos de bondade, incapaz de alevantar a voz para o seu menino, indo ele desde o pedido à tia, emérita boleira, aos pequenos roubos, à venda de frutas do quintal, magros mil-réis, suores frios, dias havia em que chegava a boca da noite, o comércio fechando e ele sem o presente, dia de azar na véspora de Nenê Milhaço ou na fiché de Guará, sempre por artes mágicas os caraminguás apareciam e o presente saía, nunca falhara uma só noite nos todos os dias que se decorreram em bem seis ou oito anos, conforme já se disse e se reafirma agora. Desassossego maior era no dia do aniversário de Lindalva quando a prenda deveria ter mais valia, podendo ser um par de sapatos ou mesmo um anel de alguns quilates dourados comprado a Doroteu, quase sempre à prestação, está-se a ver, o que desequilibrava completamente o plano orçamentário de Cândido-das-Amas, as próprias domésticas, às vezes, contribuindo com uma propina pós--coito, dada a sua perícia técnica, tudo servindo para o mealheiro dos presentes.

Sete da noite, Pirangi batendo no sino do mercado, ele apontava na esquina e ao soar a última badalada estava estendendo a mão para Lindalva que justo naquele momento debruçava-se na janela e estendia a sua para, antes, receber o presente, muito agradecida, colocando-o num canto, novamente estendendo a mão que Candinho--das-Amas aninhava nas suas, contemplando o generoso decote, mas jamais avançava um centímetro além da mão, seria sua esposa um dia, tinha empregos prometidos, aventuras de corpo ficavam para as amas, nem sequer despertava fisicamente para Lindalva por enquanto, dizia, era o respeito, ficaria para a noite nupcial, Lindalva parece que não ficava muito satisfeita com todos aqueles propósitos de castidade, mas curvava-se à devoção e aos presentes. E conversavam sobretudo sobre os afazeres domésticos dela, a retreta do domingo, os achaques da mãe e o reumatismo do pai, o tempo com chuva ou sol, as perspectivas da safra, o filme do Cine Apolo, das sete às dez, longas pausas de entremeio, as mãos suadas sem se mexerem, Candinho-das-Amas de pescoço doído de olhar para cima e de braço dormente da posição, Lindalva de cotovelos escalavrados, mas firme na noite, das sete às dez, todas as abençoadas noites estivais ou invernosas, nestas Candinho-das-Amas metido num capote de baeta, suando em bicas, mas enxuto, somente os pés molhados, a chuva martelando e ele agarrado nas mãos de Lindalva, das sete às dez.

No primeiro de dezembro deu-lhe o estalo: a oleografia da santa na sala de visitas da tia era o presente ideal para Lindalva no dia oito, festa da padroeira, festividade maior, quando da janela ouviriam os sons da banda de música, dos pregões do leilão, do bruaá que ali chegava, já que nunca os dois, juntos ou acompanhados, passearam pela praça, foram ao cine, compareceram a um baile. Dali da janela não saíam, tudo era ali, nas mãos dadas, das sete às dez; e tome uma santa, a santa, sua imagem de santa em azul e róseos, em brancos e carmins, em violáceos, mas a tia não lhe dava a santa, não abria a mão da padroeira, fora presente do falecido, balançava a cabeça, negava, obtemperava firme, ele juro que não ia fazer isto que fará eu, Candinho-das-Amas menino dengoso no dia dois, adulador no dia três, amuado no dia quatro, os dias passando, o dia se aproximando, fora de casa na noite do dia cinco, lacrimoso no dia seis, tentando suicídio de mentira no dia sete, ameaçando de morte na tarde do oito, na noite do oito às quinze para as sete com a padroeira debaixo do braço, embrulhada em papel-celofane, em direção à Rua da Ponte.

E quando chegou no princípio da rua que olhou, viu, com o coração batendo, a janela iluminada, tal e qual como nas outras noites, só que naquela o coração lhe dizia que alguma coisa de maior haveria de acontecer, foi andando e andando se aproximando, se aproximando com o coração aos pulos, aos pulos chegou, era estender a mão na batida das sete e Lindalva estender a sua, receber a santa, e as sete bateram e a janela vazia estava vazia ficou, de primeiro sentiu uma tontura, coisa de pouca duração que apareceu uma mulher, a mulher era a empregada que tinha visto raras vezes, a empregada lhe disse algo, nada ouviu, somente a mão estendida da empregada com um papelito, poderia ser uma dose de sal-amargo mas não era, talvez farinha de castanha mas também não era não, bicarbonato de sódio e o tal não era, era papel de bilhete, desdobrou-o, com a luz que vinha da sala, a santa debaixo do braço, conseguiu lê-lo, as letras trêmulas: Candinho, resolvi depois de muito pensar e de muito sofrer acabar com o nosso namoro da sua amiga Lindalva e a santa caiu e o vidro quebrou, deixou-a lá, abaixou-se e tirou os sapatos, deu um nó nos enfiadores, enfiou-os no dedo, os sapatos numa mão e o bilhete na outra, atravessou a rua, entrou na bodega confronte, debruçou-se no balcão, disse para o bodegueiro uma bicada, tomou-a, estendeu-lhe o bilhete, veja, Lindalva é minha amiga, minha amiga Lindalva, saiu sem pagar e o bodegueiro deixou-o ir; atravessou o rio, foi bater na casa-grande do Engenho Paul, veio o vigia meu compadre Lauro Paiva, quero falar com o meu compadre Lauro Paiva, veio o compadre Lauro Paiva, estendeu-lhe o bilhete, veja, Lindalva é minha amiga, minha amiga Lindalva, não esperou resposta, desfez o caminho, mesmo de noite foi envolvido por uma nuvem e nela andou, voou, reatravessou o rio, subiu a ladeira da estação, entrou sem pedir licença na casa do Doutor Bertoldo, mostrou-lhe o bilhete, Lindalva, Lindalva é minha amiga, minha amiga Lindalva, Doutor Bertoldo deu-lhe um conhaque e um charuto, tomou o conhaque e acendeu o charuto, foi em direção à pensão de Quiterinha, de puta em puta com o bilhete, veja, Lindalva é minha amiga, minha amiga Lindalva; e no fuá parou a orquestra, aos músicos foi, de bilhete em punho, mostrando e falando

Lindalva é minha amiga, minha amiga Lindalva; e deixou-se ficar num canto, bebendo e babando, só murmurando Lindalva é minha amiga, minha amiga Lindalva; invadiu a casa paroquial e tirou o Padre Abílio da conversa com os magníficos, ao padre mostrou, aos magníficos mostrou e para todos falou Lindalva é minha amiga, minha amiga Lindalva; e no Pátio do Mercado chegou e a todos foi: ao homem do tivoli, ao bebegueba do pastoril, ao leiloeiro, ao homem da roleta, ao capitão do bumba e ao vassoura do fandango, ao presidente do Clube Literário e ao prefeito, todos leram o bilhete e ouviram sua afirmativa dolorida: Lindalva é minha amiga, minha amiga Lindalva; e quando subiu as escadarias da igreja viu-a, dedo mindinho com dedo mindinho com o caixeiro-viajante da Fábrica Bordalo, ela se encolheu, o caixeiro-viajante que é que há meu bem, ela nada, encolhida, só encolhida, Candinho-das-Amas na frente dos dois e de costas para os dois se postou, os sapatos pendurados no dedo, o bilhete na ponta dos outros, a camisa fora das calças e a gravata torta, o chapéu fora do prumo, bem junto, quase colado ao casal, o olhar atravessando o pátio, falando e eles ouvindo, falando: Quem chupou minhas pitombas o tabuleiro está ali; Quem comeu meus bolinhos de goma a boleira está ali; Quem chupou minha laranjas-cravo é só pagar; Quem recebeu meus biliros, minhas brilhantinas, meus extratos, meus pós de arroz as barraquinhas estão aí mesmo; e continuou falando mesmo muito depois que o casal já não estava mais às suas costas, saindo à sorrelfa, e quando olhou de soslaio e viu que era lugar mais limpo, mesmo assim, em tom de discurso, continuou a relembrar os presentes dados e recebidos durante os seis para oito anos de janela das sete às dez, juntando gente, e multidão formada, e ele na falação, até que chegou o Cabo Luís e o levou pelo cós das calças até a beira do rio, mergulhou prolongadamente a sua cabeça dentro d'água para tirar as fumaças da bebedeira, mas bebedeira era outra, foi o que ele disse à autoridade, bebedeira de amor, senhor cabo, bebedeira de corno, e lhe nasceram chifres e pelas ruas correu, e pega daqui e pega dali, Lindalva já estava na barraca das prendas quando ele subiu à torre da igreja e deu o brado Lindalva é minha amiga, minha amiga Lindalva, e foi ela olhar para o alto e ele ir-se, adejou, passou por cima do Cine Apolo, de chifres e asas, gritando até se perder, o eco cada vez mais fraco, Lindalva é minha amiga, minha amiga Lindalva, e notícias dele não mais se teve, não foi pescado no rio nem encontrado na mata, deu-se como perdido e não se falou mais nele, nem mesmo Lindalva.

O PALHAÇO

[...] pessoa perita nas solidões e tudo.

Guimarães Rosa, *Uma história de amor*

A Mafalda e Erico Verissimo

É, já fora de circos vários, inclusive dos chamados internacionais, tais como o Gran-Americano, o Super-Star e o Variety, de andanças por capitais outras e cidades sulistas de comidas diferentes e costumes estrangeiros, mas fazia bastantes tempos que não saía da Zona da Mata, no mambembe Estrela do Norte, tudo perfazendo um total de quarenta anos de alguma glória, tamanha fome, cançonetas e piadas, cansado aos poucos, impertérrita potência no porém, sempre nos ditos galantes e nas picuinhas serelepes ao avistar uma dama, ele, o palhaço Jurema chamado, afamado e respeitado, com os seus pedaços de mau caminho, mas na arena risada de orelha a orelha e pipoca e sorvetes e caramelos e roletes de cana nas cambalhotas e no seu número final do trapézio voador tome infinito.

Era Jurema contumaz no uso da alegria na poeira do picadeiro e sabia alegrar a assistência, a digna do juiz prefeito delegado como a infantil das vesperais de domingos, para cada uma a graça certa, o cultivo do riso, a picardia, os macetes e remelexos; mas se sentia, aos poucos, incômodo com essa alegria decorada, já perdera de havia muito a capacidade de improvisação, só fazia repetir a lenga-lenga, uma tristeza de fim de noite, um tal de cansaço na caixa dos peitos, era no cantarolar velhice chegando, mantinha no porém a sua dignidade tanto dentro como fora das lides, só descansava mesmo e a cara voltava ao normal quando nos dentros do seu quarto, quando tinha quarto, quando não o dividia, nas economias, com o parceiro da hora. E vai que esse uso da alegria cansou, mas e daí? Só aquilo sabia fazer na vida, mais aprimorado para as crianças desde que ouvira o discurso de uma professora elogiando seu trabalho de palhaço, a alegria dos petizes como ela dissera, ficara no hábito de esbofar para ter gargalhadas de meninos e meninas, era um consolo ver as caras se abrindo nas gaitadas, as mãos batendo palmas, os pés batendo nas tábuas, os olhos luminosos.

E Jurema, nos salamaleques, viu a menina, era, naquela fase entre o cheiro de leite e o de flor, tudo apontando e tudo indicando o que seria, no meio do quase-nada para a forma, revirando-lhe a cabeça. E para ela fez os seus números e sentiu uma estranha mistura de alegria, coisa que de há muito não sentia, com um ímpeto de tomá-la para qualquer coisa, sabia, não de muita carícia, mas de posse, no campo verde plantado, nela tendo todas que divertira nos quarenta anos de paiaça, é ladrão de mulher, no meio da rua, ecos das cantigas, tudo ao mesmo tempo do besunto, e na pantomima *O herói*, fazendo o pai da moça, irreconhecível na sua gravidade, aproximou-se da menina, de flor na mão, na sua farda de vermelhos e amarelos, nas suas luzes e nas suas composturas, e deu-lhe a flor, impávido na declamação: Todo mundo sabe que não há ninguém como os generais para amar as rosas. Na noite, saiu, apaixonado, foi ao boteco de Guará, tomou um gornope, misturou o feijão com o graxumé, ficou olhando as estrelas e vendo o rosto, traçando planos para revê-la, mas como? E pela manhã, tal como estava, assim mesmo esgulepado, saiu nas andanças pelos grupos escolares, verificando que não podia fiscalizar a saída de todos ao mesmo tempo, nem saída nem entrada, seria um por dia, e assim foi, um por dia, melhor dois, um para a entrada, ela não estava, outro para a saída, ela não estava, dos grupos para os colégios, eram poucos, foi encontrá-la no Nossa Senhora Aparecida, embevecido, à paisana como estava não teria nenhum encanto, sabia disto, um velho a mais, a menina precisava ser atraída, assim andando, nas gingas, reparando bem havia ancas e peitos, coisas dele ficar olhando e acompanhando, ela desceu a ladeira e ele atrás, ela entrou por uma rua e ele atrás, atravessou uma praça e ele atrás, entrou na igreja e ele atrás, saiu pela outra porta e ele atrás, andou pelos montes e ele atrás, chegou em casa e ele atrás, entrou desaparecendo e ele ficou atrás.

No outro dia bem cedo, Jurema vestiu-se de palhaço e foi fazer propaganda do circo em tudo o que era saída de grupo escolar e colégio da cidade. Gritava sua velha frase estrambólica: La patita la tunila escúticha la pancadatela de la benga de la funga! E tocava um velho clarim roufenho e dava cambalhotas no meio da rua, colorido, solto no ar, às gargalhadas, às clarinadas, às patitadas e tuniladas, o raio de sol sustenta a lua e olha o palhaço no meio da rua, todo dia um número diferente, deixando o colégio dela para o depois, e palhaço o que é, montado no jegue de costas para o figueiredo do bicho, e hoje tem espetáculo. Foi mais gente para o circo a partir de então, o dono concedeu-lhe privilégios, entradas grátis para as mais necessitadas, bicicleta de uma roda só para as suas acrobacias, um tambor colorido para seus bumbas, o macaquinho amestrado para as suas patifarias. Com pouco mais sua fama corria mundo e quando ele chegou com suas bacafuzadas ao Nossa Senhora Aparecida foi recebido com honras dir-se-iam militares, bandinha das meninas formada, passo ritmado, marchas e altos, em pouco uma roda e no meio da roda ele que só tinha olhos para ela, nas suas estripulias, arrelias e patifarias, as gargalhadas no ar, as palmas no ar, os gritos no ar, na marmelada e na goiabada, e o palhaço que é, ladrão de mulher, bem empregado e dito, achava ele, ela já notara que ele só a ela notava, era mulher por derradeiro, ufanava-se, regalava-se, tudo bem encaminhado, e tantas foram as tardes de divertimento e confiança e graça que num fim de tarde saíram os dois juntos: o velho palhaço com uma mão puxando o jegue e na outra o clarim amarelo e a menina com as cores do Aparecida, saltitante, viu passarinho verde, achavam graça na combinação, na porta da casa dela ele a deixou, ficou hábito, dentro de pouco já nem notavam mais, mas ela se afeiçoava a ele e às suas histórias de cidades outras, bichos, gentes e brinquedos que ali não existiam, tudo colorido e tudo leve, ele na cuca só brocando, falava uma coisa dos dentes pra fora, por dentro se roía de vê-la sem vestido, nunca pensara que àquilo chegaria, mas chegara, e só pensava nela nua deitada na grama, podia ser na beira do rio, esquisito seria levá-la para lá, sob que pretexto?, os dias se iam, a alegria dela aumentava, também a confiança, ele propôs ela aceitou, na beira do rio ele facilmente descobriria para ela peixes dourados que atravessavam duma margem para outra voando, voadores sim senhora, os peitos nascentes nas suas mãos, a entrecoxa no côncavo da sua mão, as pequenas nádegas nos dedos das suas mãos, e solamente; foi marcado para o dia seguinte, noite insone para ele, depois da função no pátio do colégio vieram como sempre pelas ladeiras, ruas e praças, uma certa tristeza oprimia-o sem saber por que, talvez o fim de tudo, ela mais saltitante que nunca, quero ver esses peixes dourados voadores, nunca vi, moro na beira do rio e nunca vi, por que nunca vi?

Havia um dourado nas árvores no Porto do Xenxém, eles se desviaram mais para a esquerda, a água meio azulada, hora do sol das almas e o vento brando, amarrou o jegue numa ingazeira e descansou o clarim no capim, curvando-se para água, abrindo-a com as mãos nervosas, ela também curvada, curiosa e tudo o mais, ele começou uma cantiguinha de garganta, rum-rum-rum, fininha e mais que fininha, chamando os peixes e os peixes vieram, não eram dourados, eram iridescentes, ele continuava com a cantiguinha, na concha da mão da menina dançavam os peixes na água, entre a mão e a água, entre as coxas da menina adejava a mão do palhaço, ela se confundia entre os peixes e a mão, meio aéreo tudo, encantamento, e logo os peixes voaram e ela caiu de costas, espantada, viu junto ao seu rosto a cara pintada de alvaiade e açafrão e aquela língua que entrava na sua garganta e aquela coisa que forçava para entrar e doía e rasgava-a e o hálito que era como folhas machucadas, sibilante, viu o suor na testa e sentiu um cheiro de amoníaco e começou a gritar. Gritou pelo medo e pela dor e no medo e na dor o palhaço mergulhou no seu corpo profundamente, frenético, novamente o grito, aquilo atrairia gente, apressou-se, tapou-lhe a boca com a mão mas o grito saía, pressionou a garganta e na ânsia foi, a carne macia era agora um murmúrio, no auge tudo se aprofundou mais e depois foi somente o silêncio. Na beira d'água os peixes iridescentes pinicavam o sangue que da menina saía e corria, o palhaço de pé olhando o corpo estendido de pernas abertas e olhos fechados, o roxo em torno da garganta e ele sabia que ela se fora. Desamarrou a jangada, terminou de despir a menina, colocou-a em cima, empurrou a embarcação para o meio do rio, as águas acolheram-na, a jangada rodopiou um pouco no remoinho do Xenxém, depois aprumou-se, levantou a proa e rumou para o abreu.

Às oito, estava a postos para entrar no picadeiro, uma zuadeira nos ouvidos desde que voltara da beira do rio, nada que fizesse pará-la, sentia-se leve e com uma sensação de todo molhado por dentro, não sabia explicar, não se interessava mais por crianças, de noite eram somente adultos, palhaço foi feito pra gente grande, que é que criança entende de palhaço? O clarim, a entrada, as risadas, la patita la tunila escúticha la pancadatela de la benga de la funga! E eu vou ali e volto já e cabeça de bagre não tem o que chupar. E quando o trapézio baixou para deixar o trapezista ele se adiantou para o seu número de imitação, para o alto, sempre mais para o alto, lá em cima, era tudo pixitoto, dono dos ares e dos ventos, dono dos céus e dos peixes-voadores, o trapézio tomando impulso, estava diferente, não ouvia gargalhadas, só ouvia um silêncio maior e o choro da menina, o rasgão da carne, o grito abafado, sozinho no alto, daqui não saio, nunca mais, não volto, não desço, foi ele! grito danado olhou para baixo e viu correrias, dedos apontando para cima, o trapezista tentava o outro trapézio, dariam o salto mortal, punhos nos punhos, era isso, foi ele! maior impulso, de um para o outro lado da lona, lá na cocuruta, foi ele! era, agora, agora seria, ele um peixe-voador, iridescente não, dourado como dissera, não tivera culpa mesmo da mudança da cor, nem do grito, por que gritara? nem do sangue, muito menos do sangue, foi ele! deu um impulso maior, sou alado, no centro soltou-se, e no segundo que pairou no ar antes de começar a cair pensou que jamais vira um peixe dourado, jamais veria.

DEZ HISTÓRIAS DA ZONA DA MATA

A Regina e Isaac Zilberman

1. LADRÃO DE CAVALO

Parda, disse e repetiu: Parda, na insistência do poder da força e dor da vitrola. Parda de preferência, não de lua, nem de estrelas, nem toda escura; parda. Firmou opinião e detalhou, a língua destravada, o difícil foi começar. Parda com lua nova já no horizonte tudo mergulhado se pode dizer numa lua que não é luz e muito menos aquela a que se está acostumado, isso se dá com gente e se dá também com o animal, nela ele parecendo que é, mas não é, sendo, acho que dá pra entender; pensa, o animal, que quando se toca nele tudo corre por conta do pardo; é chão, é céu, é árvore, é tudo, tudo junto e é mesmo que não arredar pé do lugar arredando, afastando-se, quando o animal dá acordo de si já se acha encabrestado e nos longes. Não me saí bem, está aí no que deu isso de apanhar o animal em noite de lua crescente, de campina azulada, de estrelas faiscando, noite daquela que se diz clara como o dia não presta, aí está, como souberam que eu ia lá é coisa que não atino, mas souberam, e o luar facilitou, o luar e mais o galo branco, é, havia um galo branco que mal eu toquei no tordilho já cocoricou, já cantou, já anunciou e eu me vi encostado no canto da estrebaria, com aquelas lanternas nos olhos e facas nos peitos, só não me sangraram, acredite autoridade, só não me sangraram, como eu ia dizendo, porque apareceu um menino saído não sei de donde, e um deles disse olha o menino, só fizeram me amarrar e só fizeram me quebrar estes três dentes da frente, que mal eu fiz, pode me dizer autoridade?, nem mesmo peguei o tordilho, ainda se tivesse pegado, mas não peguei.

É, para seu governo, autoridade, ando nessa vida de negociar com animais desde que me entendo de gente, pode crer, dá pra ir levando, não, não tenho morada certa, é hoje aqui e amanhã ali, vivo mais de noite, de dia fica tudo muito cru, as pessoas muito brancas, o sol cegando e a poeira no redemoinho; quantos eu não me lembro da conta, estão espalhados por esses engenhos, e isto é coisa que eu não digo nem que a autoridade me mate, vendo as pessoas, umas e outras, agora o nome delas é que eu não sei, a autoridade pode acreditar, pode bater, autoridade, minhas costas foram feitas pra isso mesmo, pra injustiça, me arrebente, que eu não digo, o galo branco não tinha nada que dar o alevante, o tordilho já estava fungando na palma da minha mão, também nunca mais em noite que não seja parda, veja a autoridade o resultado, é eu aqui desmoralizado pra dizer o nome de gente que não existe, e se existe não espera de mim outro comportamento que não o de morrer de dente trincado, se for o caso, mas tenho que a autoridade leve em consideração a minha boa vontade na diligência, só que a autoridade não deve me pedir nome de gente que isso daria um distranstorno que a autoridade nem pode imaginar, acredite porque sou eu que estou lhe dizendo, é gente daqui e gente de fora, mas gente da muito importante mesmo, de vera; olhe aí que ele está quase dando o serviço, pensa a autoridade, mas não se trata disso, é somente aviso, é o mais que posso avançar, não me obrigue autoridade a ser apontador de malfeitos alheios que é a última coisa no mundo que eu possa ser.

Atravessou a noite na vitrola e quando a madrugada chegou, luz baça de inverno, de corpo estendido na pedra fria, só se lembrava do galo branco e só sentia o suor tordilho, o leve suor que o levava a prados e campinas, a capim-gordura, a melão-de-são-caetano, a rio. Ergueu-se a custo, quebrado, todo uma dor, viu a porta aberta e na calçada, amarrado à árvore, o tordilho. Leve, cavalgou-o: galoparam, cavalo e cavaleiro, para o nunca.

2. A ENCHENTE

Marulhou, gorgolejou, ela sentiu mais que ouviu a corrente, gorgolou, estava nos pés, ela na beira da cama, e o defunto?, pulou, espadanou água na altura dos joelhos já, se guiava na penumbra, sozinha, talvez ilha, a corrente subindo e a chuva caindo, quando balançou os tamboretes que apoiavam o caixão viu que estavam bambos, pensou em sair com o esquife, o morto dentro, nos braços, atravessando o rio, chegou a rir com a ideia, rir-se de tudo, afastou-se um pouco, ficou parada no meio da sala invadida pela preguiça dos fósforos e do candeeiro, tinha nada não, que tinha?, ficava mesmo ali, atenta a quê?, atenta, foi tão ligeiro que quando ela viu foram os joelhos frios e era frieza da água, bem meio metro calculou, mas sabia que cálculos não iriam adiantar nada, só ficou imaginando o fim, de tudo menos o dela, sairia, nadaria, voaria, sairia.

Quando os cavalos na estrebaria se levantaram e morderam nos beiços um do outro, aos coices as tábuas voaram, o cão ergueu as orelhas, na espera, a cabeça deitada ainda e sobre ela, à procura de calor, a ovelha, isto no mais alto, a chuva caindo, a água nos gorgolejos de corrente, os bichos atentos, mas somente atentos, havia um olho que os espiava e era o olho de quem não se sabia, no mundo líquido uma volta que dava já formava um redemoinho, o funil na velocidade maior arrastando o que ia de cambulhada: panelas, copos de ágata, quadro de santo, flores artificiais, cachepô, um minueto e almofadas, uma cortina de contas de mulungu, as riquezas da casa.

Na sala, a mulher tirou a roupa, toda a roupa, sentia que devia estar nua quando chegasse o fim, o fim para tudo menos para ela, continuava pensando, preparava--se, água nas coxas, os pés quase sem apoio no escorrego, já para um metro de andada os braços faziam o movimento do nado, com mais um pouco era abandonar tudo, teria forças, acreditava, água no horizonte e ela mais além do horizonte, era forte, já nadava ao derredor da sala, foi quando olhou em volta e viu: o defunto metido na fatiota nova e nos sapatos de verniz boiava, satélite do caixão, em movimentos lentos, dir-se-iam medidos, graciosos, rodeado pelas borbulhas, bolhas e barulhos de água cada vez mais crescente, ela nadou junto dele procurando uma saída, abrira uma janela e água emendara com água, um lençol na noite cinzenta, a mesma chuva, o mesmo céu fechado, luz nenhuma, ilha mesmo afinal, todos no nado.

Do defunto foi separada por um peixe escamoso que mexia as nadadeiras e fazia pequenas ondas dentro das maiores, num volteio ela bateu com o braço na cadeira de balanço que vogava, sentiu-o dormente quando mais precisava dele, lá fora já nadavam sem destino cavalos, cães, ovelhas, o olho continuava fixo na observação aquática, na vida fluvial, na latomia pluvial, no tempo e no gesto, na espera e na ânsia, no nado e no nada, nadavam e se esbofavam e voltaram ao mesmo lugar, aos bichos se juntaram o defunto e o caixão, tudo num rodopio para o funil, para o cone, na descida vertiginosa, ali seria definitivamente o abreu, a mulher o olho viu no exato momento em que uma trave, caindo, alcançava-a na altura dos olhos jogando-a na escuridão total, o sangue jorrando e água absorvendo-o, os peixes bicando-o, quase nenhum vermelho, e já a mulher, entre a vida e a morte, perdida a certeza, ia para o funil. No alto do frontal, na escuridão e sob a chuva, o carneiro de pedra branca, sentado, montava guarda.

3. LEGENDA DE NATAL

Ali, na região, todo o tempo, diziam, eram tempos de natais: um dançar, um comer, um caçar, um beber, um dormir, um valsar; e aleluias das grandes nos cantares, hosanas casamenteiras das maiores, glórias aniversariantes de papocos, mais ainda nos verdadeiros tempos de natais, entrado dezembro, na soalheira amenizada pelos ventos que constantemente sopravam naquelas paragens, o rio confronte e a mata nos defrontes de mais atrás, os partidos de cana se estendendo para os lados, os alambiques no gozo da fabricação, os pés inquietos, os olhos tremeluzindo, as ancas no bamboleio, as mãos nas palmas, ali, no terreiro da casa-grande, na tarde esmaecendo e no pipilo dos pássaros, na toada aos bois e no canto temporão dos galos; ali, no terreiro, formada a roda, dentes alvos para a luz, volteios e sarabandas, promessa; ali, no auge, no grito, no ronco, ali, é, quando a cutia chegou com o chapéu nos dentes, adentrou a roda, a roda se abriu, a cutia parou, o chapéu nos dentes, alongou o focinho, cheirou em volta, o chapéu nos dentes, depositou-o de copa para cima, ciscou em volta, olhou os da roda, calados, na surpresa é, voltou-se e sumiu na mata.

Quem primeiro avançou foi Manuel-Papai, dono e senhor, todo cheio de respeitos, curvou-se e apanhou a prenda: era um Ramenzoni azul-escuro, fita preta, copa alta e abas largas, mais parecido com chapéu de peregrino foi a opinião de cada qual, Manuel-Papai virando-o e vendo a carneira de couro, o forro de seda: todo chapéu tem uma cabeça. E à roda acudiu a mesma ideia: morta talvez. Desfez-se a roda e começou a busca nos córregos, nas grotas, nas chãs, nas chapadas, nos pés de serra, nos riachos, nos remansos, na mata, no rio, nos campos, tudo vasculhado em cinco dias e cinco noites, nos arredores de bem cinquenta léguas bem contadas e de nada se viu nem notícia nem vista.

A primeira nova veio de Neco-da-Venda ao ver o chapéu pendurado num prego, na parede branca da sala de visitas, entre o Dragão e o Coração: Vi, há bem dez dias, lá na venda, tomando vinho de jurubeba, um homem com um chapéu igual a esse. Foi inquirido, interrogado, virado pelo avesso, mas de tudo o que se lembrava eram uns cabelos louros e uns olhos azuis; a segunda nova chegou de Tomásia--Quartuda, que casara uma filha nas duas semanas passadas, na festa aparecera um homem, é, é isso mesmo, com um chapéu tal e qual esse, bebera e dançara com todo o comportamento, não e não-não se lembrava, devia ser, olhos azuis e cabelos louros; e a terceira nova, a de Miguel Pescador, que via o chapéu pela primeira vez, contava da pesca em Cachoeira d'Anta, noite de lua, o homem se chegara, é, podia jurar, tinha cabelos louros e olhos azuis, com ele sacudira a tarrafa, foram peixes e mais peixes para a fome de todos os moradores e sem se salgarem não apodreceram.

No fim de um ano, a cutia voltou, a roda formada, a roda se abrindo, ela focinhos para os lados, subiu a escada de pedra, olhou o chapéu, fez um ruído lá dela, desceu a escada, atravessou o terreiro, desapareceu na mata. Então Chico de Camivozinho ergueu a voz e pediu para o chapéu ir para a sua casa durante um ano. Organizou-se a procissão: fogos, bombo, triângulo, reco-reco, pífanos, música de saracoteio com negaças e volteios, todos na dança e na alegria, nos comes e bebes, no acompanhamento da salva com o chapéu no meio, na casa de Chico de Camivozinho ficaria por um ano, um ano seria em cada engenho, para todo o sempre seja louvado. E por via das dúvidas ali na região não mais se caçou cutia em tempos de natais.

4. BRIGA DE FOICE

Estranharam-se, só isso; estranharam-se Né e Zé, por causa de um caboje que fora disputado por Nico filho de Né e Lico filho de Zé, um caboje de cana fita que terminara enfiado na lama, nome de mãe, a tua, pai assomado; estranharam-se. E fizeram-se nas foices nem eram bem cinco horas, na fresca, os homens chegando, chegando e se arredando, as foices no zunido, no sol nascendo, no vermelho, no grito, na guerra. As foices no ar fendendo o vento, dois campos; as foices na terra cavoucando, duas covas; as foices indo e vindo, pés assarapantados na dança porém dança de morte, já era um dedo de Né, já era uma orelha de Zé, e vai e vem, e vão e não, e é no chão, e é no vão, no erro da vida, no acerto então, no erro da morte, e, lá está, a caninana chamada, pior, a dita goitana, pendurada na lâmina curva, segurada pelo cabo, foi uma talhada e, ao mesmo tempo, voaram a cara de Zé e as tripas de Né, só se dobraram no jorro do sangue, os homens ainda mais se arredando por via dos salpicos, os dois nos arquejos, nas vascas, e os homens se chegando por mode verem, ali estavam, as foices largadas, os olhos vidrados, a morte buscada.

No fim da tarde, bebidas as cachaças, tomados os cafés, enterrados Né e Zé, as famílias dos mortos cumpriram as ordens recebidas: retiraram-se, antes, começaram a retirada, só com a roupa do corpo e as trouxas nos ombros, uma para um lado e outra para o outro, o sol se pondo, a cruviana chegando, nas bodegas os homens cantando, que era dia de sábado, chegando os mateus para os bumbas e as pastoras para os calores, os homens cantando e as mulheres rezando, passou na direção norte o cortejo da família de Né: Nico na frente puxando a enfieira agarrada num pau que na outra ponta tinha o seu tio mais velho, pareciam todos cegos, no meio uma massa e a massa era: a mãe agarrada com um travesseiro e os filhos, tudo gente de alta serventia, só que o mais velho andava sustentando os quibos inchados postos pra fora da calça que nem a calça aguentavam, os ditos quibos breados de óleo de carrapateira, e todos calados e todos olhando em frente sem saber para onde, era a noite chegando e o fim longe.

Nem bem desapareceram e lá veio o cortejo da família de Zé, direção sul, para o brejo, Lico filho de Zé também com um pau nas costas a puxar os seus, dois com mãos no ombro de cada qual, trouxas e cajados, desamparos, na fome no negror da chuva fina, nas bodegas os homens sempre cantando chega a morte vai a vida, outro grupo na bacafusada do já tô de munheca inchada de abanar esta bichinha, ditos de pastoril, noite de sábado, manhã de morte, tarde de adeus, nas despedidas, tudo por um caboje que nem chegara a ser chupado, briga de meninos morte de homens, o cortejo passou como o outro, olhos em frente para verem o começo da noite, a aurora longe e pra que cuidados?

Já encachaçados chegaram-se antes da função: o Jaraguá, da caveira saindo fumaça de cigarro; Manuel-Pequenino com olhos na altura dos bagos, a cabecinha lá em cima dos três metros e ele às risadas embaixo com a Negra-da-Cabeça-de-Escapole, aquilo que era com eles, fatalidade dos outros não é comigo, banga, e volta e meia, e vamos lá, jaguá, e aos pulos e pinotes foram para o terreiro, e aqui estou, e aqui cheguei, prata é dinheiro, e dinheiro é rei.

A mulher debruçada na janela via tudo, para tudo tinha olhos, na solidão, que puta era, enquanto os sapos-bois se chegavam, aos pulos, para as brasas e os mijos, na ânsia de bichinhos, o papo batendo, o lodo se esverdeando ainda mais, crescendo e inchando os sapos-bois, a caminho do Homem-Gavião que, ajoelhado, puxava uma ladainha antes da brincadeira, em louvor da alma de Né e da alma de Zé, em louvor dos perdidos e achados, na noite de sábado.

5. A CACHOEIRA

De golpe, assim de repente, o menino não se lembrava de quando a história começou, mas do tempo sim, obra de um ano da primeira gaiola para o vazio. Livrado do pedagogo na hora do almoço, a cabeça varrida dos números e das regras, dos países e dos heróis, de barriga cheia corria para a margem do rio, descendo a ribanceira e trepando na gameleira, a gaiola com a chama e o alçapão atrelado para os caboclinhos, os papa-capins, preferindo para os sanhaços um bom visgo de jaca. O terraço entupido de gaiolas, dando volta à casa, gaiolas no seu quarto, gaiolas invadindo já a saleta de costura da mãe, o único lugar da casa que ainda poderia ocupar embora sob carões.

Quando voltava num fim de tarde com um sanhaço já livre do visgo, dentro da gaiola, reparou na velha cocheira abandonada havia bem uns vinte anos e pensou lá com ele que ali poderiam ficar os passarinhos menos enfatuados, sanhaços por exemplo. Empurrou a porta rangedeira e quando ergueu a cabeça viu: penduradas nas traves duas selas novas amarelas; e sentiu: o cheiro do melado com capim-gordura, o cheiro também da bosta e do mijo dos animais que comiam do cocho; e viu mais: a água correndo no reguinho entre as patas; e os animais eram: um burrinho de pata levantada e pelo luzidio da cor do mel, só que engatado com um cavalo que ele chamou de Serrilhado porque em vez de crina tinha aquilo que parecia flandre cortado à tesoura e o focinho comprido como o de um tamanduá, sem olho no porém, coitado, era o Burrinho que, dente com dente, num chocalhar, lhe passava para a boca o capim-melado, dir-se-ia passarinho com filhote; e mais acima do Serrilhado estava um bicho que tinha cara de peru, só que de crista também serrilhada, embora menos dura, carnosa e de cor avermelhada, peru com o papo pra cima, riu-se, reparando no corpo restante era o de um avestruz sem rabo; mais embaixo um tatu de rabo comprido roía uma casa de cupim; e estavam todos tão entretidos e tão mansos da vida que o menino até alisou a anca do Burrinho que nem estou aí, trepou no cocho e alcançou o arame, pendurando a gaiola, voltaria no dia seguinte de manhãzinha com água e cumbuca, melão-de-são-caetano, já estava de noitinha, foi saindo, atrás deles o Tatu, deixou, caminhou pelo atalho que levava à casa-grande, o Tatu trás, cruzou com Manuel-Papai que nem não reparou no Tatu, quando o menino chegou ao pé da escadaria o Tatu parou, olhou para ele, deu meia-volta e desapareceu para os lados da horta.

Sol mal nascido o menino se foi à cachoeira e quando abriu a porta só viu mesmo foram as duas selas velhas como a sé de braga e o mais era teias de aranha, cheiro de mofo, cocho vazio, nada dos bichos. O sanhaço esvoaçava na gaiola, o menino trepou no cocho, deu-lhe de beber e de comer, bateu a porta e foi às lições, até à tarde, um sanhaço na gaiola e a gaiola na mão, na cocheira era o jeito, e lá estavam o Burrinho, o Serrilhado e o Peru-de--Papo-pra-Cima que nem não chegava mesmo a ser peru. Na saída, o Tatu acompanhou-o como da vez anterior, o menino cruzou com gente, viu gente, falou com gente, as gentes nem não ligaram o Tatu que o deixou ao pé da escada da casa-grande.

E assim foi bem mais ou menos um ano, de manhãzinha tudo velho, de tardezinha tudo novo e o passeio do Tatu; foi até uma tarde de festa, muita gente no terraço e no terreiro quando ele chegou com o Tatu logo viram o tatu, olha um tatu, pega o Tatu, pegaram o Tatu, mataram o Tatu, de noite comeram o Tatu, ele não, comeram e cantaram o tatu subiu no pau foi mentira de quem viu, beberam e dançaram até o romper da aurora.

De tardinha, de mãos vazias, o menino foi à cocheira: estava tudo velho, abandonado, sem os bichos, só teias de aranha, as gaiolas abertas, nada de sanhaços, uma luz de tristeza e um canto de grilo; e assim foram todas as tardes, nunca mais. Só muito tempo depois, quando o menino já era contador de histórias entre a idade de homem e a idade de velho, numa campina enluarada, de volta de um engenho pra outro, viu, pastando, o Burrinho, o Serrilhado e o Peru-de-Papo-pra-Cima. Os bichos levantaram a cabeça e olharam para ele. Depois, empinando, esquiparam e sumiram-se na noite.

6. ELEIÇÕES

No entra e sai e no vai e vem haveriam de passar a noite, o sobrado alumiado, gente subindo e descendo, o bruaá, o odor de perfume e suor, o do café, o do açucarado dos licores e o penetrante das cachaças. No meio da sala, impertérrito, todo de preto, calva reluzente, o duro peitilho da camisa também reluzente, o Coronel Aprígio Caldeiras da Costa Aires, no mando e desmando, dando carta e jogando de mão nos despautérios das atas forjadas e dos duplos dos analfabetos, na ressurreição de bem umas cem almas necessárias para a maioria absoluta nas eleições do dia seguinte, não dava por menos, nada de pouca margem, ali estava findado no seu cargo honorífico de chefe político para todo o sempre, fazendo os seus prefeitos, os seus deputados, os seus senadores, no meu curral mando eu. Arrotava, o Coronel Aprígio Caldeiras da Costa Aires, sentado na poltrona de couro, arrodeado de damas e capangas, debaixo do lustre, no velho sobrado, outras damas nas janelas olhando a praça, damas de decotes e perfumes, todas elas ligadas a filhos, sobrinhos e primos do Coronel Aprígio Caldeiras da Costa Aires, sobressaindo-se a esfuziante e fugaz Amália, dadivosos seios, escuros cabelos, negros olhos, pele não tinha que ver de cetim, nas gargalhadas sonoras, mulher amada e espancada pelo filho mais velho do patriarca, um Epaminondas Caldeiras da Costa Aires, mas oh, às escondidas em quintais de negrores amante debochada de Mário das Neves Mendes Travessos, pasme-se, o filho mais novo do coronel Tenório das Neves Mendes Travassos, o dito da oposição, oh, como pudera ser, só sendo um secreto pendor para o perigo e para o deboche, ó louca, que fazes?, pergunta inquietante da sua confidente Amélia, amiga do peito, também nos esplendores do sobrado.

E vai, devia passar da meia-noite quando o homem chegou, desfeito das armas: morrera com cinco balas no peito, sentado no terraço da sua casa, ninguém não sabe ninguém não viu, o mencionado Coronel Tenório das Neves Mendes Travassos. No alvoroço, somente a figura calma do Coronel Aprígio Caldeiras da Costa Aires, refestelado na poltrona de couro, tomando uma pitada de rapé, agarrando o cálice de genebra, engolindo-o de um gole, sentencioso, quem semeia ventos colhe tempestades, e mais: Meninas, lembrem-me para mandar uma coroa ao velho compadre morto no campo da honra.

E nada mais se disse naquela hora, nem ele nem outro qualquer, nada se disse e tudo se fez para evitar maiores horrores, oh, mas foi tão de inopino que quem disse que houve tempo, invadiu a cena inditoso Mário das Neves Travassos em dois nagãs, um em cada mão, e o primeiro tiro desfolhou uma rosa vermelha, oh, no peito da sua Amália, e o segundo um cravo vermelho na testa do Coronel Aprígio Caldeiras da Costa Aires, e o terceiro alojou-se entre os seios da alcoviteira Amélia, e o quarto foi para cima, e o quinto ninguém sabe, nem o quinto, nem o sexto, nem o sétimo, oh, porque os capangas o crivaram de balas, depois o arrastaram de escadas abaixo e o passearam pelas ruas noturnas, no caminho matando a torto e a direito tudo o que era ente vivo e pensante, homem mulher menino; e muitos anos depois os mais velhos diziam: Quando houve a hecatombe. E foram os mesmos anos para ressuscitarem o Coronel Tenório das Neves Mendes Travassos e o inditoso, oh, Mário das Neves Mendes Travassos, para votarem na competente seção, já que se acabara a República Velha e chegara a república nova.

7. O MATEUS

Nos arremedos e nas trampolinagens era ele, no terreiro ou não, quer-se dizer, em qualquer terreiro, o Mateus de nome Besuntado, preto como piche, pernas pro ar, nas noites de carbureto chiando, de suor correndo nos músculos e nas partes, dentes arreganhados para a graça certa e o tostão arrancado, no golpe da cachaça e no ritmo do zabumba, ei-beira-mar, o meu boi morreu, que-foi, não-foi; nas mentiras do faz de conta, aurora chegando, Cantadeira no alvoroço, venha cá que eu quero ver, nos arreganhos, nos assanhamentos, dona Joana vá dançar pra gente ver, cheguem-se o boi e o cavalo e a ema, cheguem-se o babau e o canela de pau, salta tudo mode ver, mas é o boi, ê boi, tunda, tunda, na aurora, no raio de sol, e é na areia, é na areia, na areia, é na rá, ei-tunda, tundá, na beira-mar, rá!

E nas tardes, nos fins, nas tardes da semana inteira que não fossem as de sábado e as de domingo, já sabiam os dois, ele o Besuntado de fama corrida, ela nos quinze dando a volta por trás da casa-grande, uma volta grande de fuga, nos encontros do aceiro, onde terminava o canavial e começava a mata, tudo principiado por acaso, encontro de nada acertado, mas porém a partir do então no vício de todos os dias, o negro com a menina branca que quando entrava no canavial já tirava a blusa e o vestido, a calcinha querendo mostrar a prenda, os verdes seios ao vento no baloiço, a flor ardendo no antegozo, Besuntado o chamado de papo para o ar no aceiro justamente, na espera, a caça vinha, a noite descendo, uma voz chamando ao longe menina menina, ela no vento, composta, Besuntado nos não fazeres do regalo olhando somente as estrelas e ouvindo os bichos da noite, a queda das folhas, o vento nas canas.

E no sábado, tirado o domingo bêbado, na bexigada abrindo a roda para a burrinha nos seus equipamentos, Bastião de lado, entrou apanhou, bota o lenço, tira o lenço, ra-rai!, eis o engenheiro na medições e a Catirina nas chumbregações, o capitão nos mandos e o valentão nos desmandos, dono ele, o maior, o afamado Mateus, dono da roda, do brinquedo, dono da fortuna, dormindo ao léu e ao déu, tirante o mundéu, voando pro céu, nos ditos e nas pornografias, no ribombo das gargalhadas e das gaitadas e das piadas, piou, piou, foi a ema, minha gente, ou foi a dona da ema, foi o padre, foi o padre com seu sacristão, trepa pra cima de bunda no chão.

E nas tardes, nos fins, nas tardes da semana inteira, no aceiro, no bem-bom, entre o canavial e a mata, os jovens peitos brancos e o secular sexo encravado entre as pernas, nos ais, nos mandos e desmandos, nos derretimentos embora apressados, todas as tardes menos as de sábado e as de domingo, já se sabe, já se viu, e foi, e oi, numa tarde de quinta, hora sexta, o arrodeio por detrás de casa, o largo arrodeio, entrando no canavial com os jovens peitos brancos, blusa numa mão e saia na outra, ao vento, sempre ardente, na dança, no saracoteio, olhos mais para o alto, no azul, no voo, o canavial se abrindo, ela chegou, e no aceiro, como sempre, deitado, o Besuntado chamado, Mateus afamado, negro danado você diz que sopra o fole, tome o fole pra soprar, Besuntado deitado mas de todo imóvel, foi tocar com a ponta do pé branco, o dedo grande do pé branco e ver que Besuntado, Mateus afama-

do, do fole negro danado, já não era, tinha sido, passara-
-se, os braços ao longo do corpo, o sexo afamado, negro
danado, descansando na altura do coração, uma chaga.

8. A FAMÍLIA

Homem de quatorze caçadas que agrada a todo o
mundo, era o que tinha sido nos longes da mocidade, de
escopeta e esporas, truques e tais e coisas, no século que
se fora, agora plantado nos seus bem cem janeiros rosados
e espichados, madrugador como sempre, dentes todos e
pernas rijas, saúde, nas cismas porém, com a mulher dentro do sobrado, também sólida, bodas de ouro havia muito
que se fora, bem uns oitenta fevereiros até, que num mês
de fevereiro se casaram e no sobrado se aboletaram,
embaixo o comércio de tudo um pouco e pouco de muito,
era só subir a escada e estavam de seus, arrumados, a sala
sempre fora aquilo desde que ele resolvera enfeitá-la à sua
maneira: no alto da parede principal, na confronte às janelas que davam para a praça, um porco-espinho empalhado, obra de Mestre Lindolfo, estendido por cima de um
quebra-luz redondo e alaranjado de papel crepom; no
meio da sala, plantado nas tábuas do assoalho, outro empalhado, uma ema, apoiada a uma cadeira de espaldar, ninguém diria mas era o esconderijo dos dois, dele e da mulher,
no alto da cadeira um preá da mesma sorte, o focinho
apontando sempre em direção de quem o olhasse, de
qualquer ângulo, coisa esquisita, gáudio das raras visitas,
havia muito que não as recebiam.
Viviam a maior parte do tempo naquela sala, ele
dum lado com o irmão, regulando a mesma idade, irmão
de catarro no peito e tosse cava, a mulher do outro nos
bordados e nos bilros e nos crochês, o relógio batendo
os quartos e as horas, de vez em quando uma chegadi-
nha à janela da esquerda ou da direita dando para a praça,

nunca a do meio, também não podiam, a do meio era sempre ocupada pelas meninas, quase nos oitenta cada, longas saias, gargantilhas, espartilhos, muito tesas, sentadas num pequeno sofá de palhinha, dominando a praça, tudo viam e tudo intuíam, sabiam, adivinhavam, comentários somente à ceia, tinham um ritual: partindo a banana comprida e breando-a de manteiga diziam à boca solta o padre hoje terminou a missa cinco minutos mais cedo ou na fatia da tapioca a rapariga de Afonso Cunha estreou vestido novo ou no pedaço de batata-doce eu não sei o que tem negro que não se dá o respeito, isto na referência ao veterinário que lá chegara e se revelara requisitado pé de ouro nas valsas, namorador contumaz, almofadinha de retretas. As meninas não saíam da janela e o pai e o tio do lado, a mãe do outro, às escondidas, espiavam-nas, no gozo por tabela, se os olhos das meninas luziam os deles idem, se a boca das meninas entronchava a deles ia no esgar, se a meninas davam um muxoxo eles, entre si, piscavam um olho e achavam que à noite, à ceia, teriam coisas, coisas e mais coisas.

Ia-se a vida, corria a vida nos dentros do sobrado, fluía nas tardes mornas, nas manhãs de vento, nas noites de chuva, a família nos mesmos gestos, nas mesmas posturas, nas mesmas batidas do relógio, emoldurava. Vez por outra uma das meninas apanhava o preá empalhado, colocava-o no colo de focinho para cima e ficava, com a ponta das unhas grandes, alisando a barriga do roedor; uma menina ou outra, qual das duas ninguém sabia, sequer os pais e o tio, gêmeas, iguais, corpo com sombra.

Nas noites de muitas estrelas, a desoras, as duas desciam a escada e, na praça deserta, passeavam com os bichos empalhados. Na janela do centro, então, pai-mãe-tio, debruçados, interessados, plantados nos seus três séculos, admiravam as meninas, louvavam o porco-espinho e a ema. Quando o frio acossava elas se recolhiam, o chá dourado nas xícaras de porcelana, todos curvados, silenciosos, sob a luz azul-amarelada do candeeiro de opalina.

9. BARRIGA-DE-OURO

Parecia mal-assombrado mas não era. Quem encontrá-lo em noite de escuro pode matar que é bicho, diziam. Estes ditos e mais outros mostravam logo o que ele era, de feio: baixo, entroncado, bexiguento, uma perna meio cangalha a outra meio zambeta, barriga estofada, cinturão no pé da barriga, diziam ali dentro só tem é merda, mas Zé-Tenda obtemperava: Está cheio de dinheiro. Por alcunha Barriga-de-Ouro, arrendatário do barracão daqueles onze engenhos ligados naquela zona, escorchava na carne ruim, na cachaça com água, nos temperos velhos, nos sabões, nos açúcares, nos sais, nas ferramentas, seu dinheiro certo na folha de pagamento, os trabalhadores só com vales do barracão, dinheiro nem mesmo pelo Natal, Barriga-de-Ouro amealhando, só juntando, ninguém não sabia onde ele metia o dinheiro, nem cofre tinha; é na barriga, eu já disse, é na barriga, afirmava Zé-Tenda, empregado de vassoura no barracão, os homens cuspiam o tabaco e a cachaça com gosto de azinhavre, riam somente, quem já viu guardar dinheiro na barriga.

Barriga-de-Ouro dormia numa rede num quartinho dos fundos do barracão, cercado por barricas de bacalhau, mantas de fígado de alemão, postas de bagre, caixas de sardinhas mergulhadas no sal, o cheiro de tudo se misturando, e mais o da aguardente e o do vinagre, sufocava até, mas ele nem nem, roncava sossegado, feito na vida, não queria outra, nem mulher, bastava uma de ano em ano, pelos natais, quando vestia seu mofado fato de casimira inglesa, aqui e ali roído pelas traças, a botina rangedeira, a camisa de peitilho e o colarinho de ponta virada, o chapéu Ramenzoni bufento; e montado no burro, burro no burro, riam, ia à cidade para uma fezinha no jaburu ou na fiché, bebendo capilé e gengibirra, comendo broas e tarecos, comidas de Natal, dizia, estofado, incômodo, suado, o burro amarrado no Beija-Flor, enquanto ele, com todo o cerimonial, adentrava a pensão de Quiterinha e pedia uma rapariga para as necessárias necessidades, jamais tirava as calças, fazia o serviço assim mesmo, também era que nem galo, foi entrou sacolejou acabou, o dinheiro extraído, sebento, em notas velhas e miúdas do amarrado de uma ponta de lenço, também não queria mais nada com as festas, nem mesmo com a missa já na terceira chamada, passava a perna no burro e voltava para o barracão.

Na mesma rotina do comer e do beber, do trabalhar e do conversar, iam-se os anos, só que a barriga crescia mais, era um despropósito, acho que faz bem cinco anos que ele não vê a bilola, diziam na galhofa. Cinturão largo feito por Neco-Seleiro, capaz de arrodear um boi. Também era a única despesa de Barriga-de-Ouro, essa mesma chorada, todo o ano um cinturão novo que a barriga, crescendo, perdia-se o outro, diabo, ele mesmo dizia, só que rindo, não sei aonde vai parar essa barriga. E o espanto era que quem o visse comer não diria: uma pouca de farofa de água fria com uma lasquinha de carne do ceará no almoço, porque de manhã só café com língua e à noite, no ajantarado, uma rodela de cará ou um pauzinho de macaxeira com café, coisa rala.

E Zé-Tenda, o vassoura, insistia, nas rodas das desoras, no firo e nos dados, insistia, é dinheiro, é dinheiro na barriga. E numa manhã de sábado tirou-se a prova, na manhã do sábado o barracão não abriu, gritaram não houve resposta, dois urubus no céu o sinal, arrombaram a porta, e lá estava, Zé-Tenda ao lado, faca na mão, dizendo eu não disse?, eu não disse?, Barriga-de-Ouro estendido em cima do balcão, a barriga aberta ao longo, cheia de dinheiro, dinheiro entrando, dinheiro saindo?, não havia uma gota de sangue, somente dinheiro; dinheiro e merda.

10. O BOI

O pai do avô contava que o Boi aparecera pela primeira vez lá pelos idos de setecentos, chegou no engenho era de tardinha, o gado esparramado pela campina, ele plantou-se no meio, era espácio, as patas dianteiras meio curvas, branco de cara preta, bufou, escavou terra, foi na hora em que Chico-Novilho, o vaqueiro, ia passando, o Boi investiu, plantou lá nele as aspas que se tinham juntado numa só, muitos anos depois o Professor Pinho, pedagogo no engenho, falaria de um unicórnio, o chifre varou Chico-Novilho que não disse nem ai, nem suspirou, nem estrebuchou, pronto estava.

Essa foi a primeira das histórias do Boi contadas pelo pai do avô, que o viu rapazote e foi vê-lo na velhice, cinquenta anos depois, também de tardinha, também presenciando os chifres que se juntaram num só e na marrada e varada foi-se a vida de quem não tinha nada com ele nem era afeito a trato com bois, o desfalecido Tomás-Umburana, cozinhador emérito, dono dos segredos de uma boa tacha de mel e perito na purga dos pães de açúcar. Pois foi Tomás-Umburana passar na visão do Boi e o Boi despachá-lo, como da primeira vez desaparecendo, se sorvertendo melhor dito, no espácio ou na terra, ninguém nem não viu marca, ferro nenhum, só o pai do avô sabia que era mesmo de cinquenta anos atrás, reuniu a família e preveniu seus membros da próxima aparição do Boi, quem vivo fosse vivo veria, se acautelassem, tivessem poupança, o Boi varava, o Boi matava, cadê o Boi?, o Boi se foi, foi-se, de noite de dia, na barra do dia, foi não foi, o Boi.

De cinquenta em cinquenta anos, no inverno, de tardinha, o Boi aparecia e um lá se ia, o primeiro na sua frente, não havia escolha era o que parecia e cada um do engenho só o via quase uma vez na vida. É como o cometa, comentou Bernardo-Tanajura, aquele que a gente viu e só vai ver daqui a oitenta anos, tibes quem vai viver tanto, obtemperou um, possa ser que sim, tem-se visto coisas, mas nanja eu que não quero ver o Boi, também não é assim não, o finado Coronel das Benevides, Torquelino das Benevides de Souza Paiva chegou a vê-lo duas vezes, presenciou duas mortes do Boi e ficou de semente, morrendo com bem cem na cacunda e na esperança queria porque queria viver pra ver o Boi, mas não viveu, a família herdou o Boi, taí Leonardo das Benevides, o mais velho, nos seus vinte e cinco anos, já fazia vinte e cinco que o Boi aparecera e despachara um cristão quando o menino Nardo nasceu e foi acalentado no Boi, Boi, Boi, Boi da cara preta, o menino vai pegá-lo, não tem medo de careta.

Leonardo da Benevides de Souza Paiva não tinha outro fito na vida, verdade: o Boi. Sonhava com ele, imaginava-o, via todos os detalhes da luta, via sempre o Boi no chão, batendo, entregando-se. Marcou casamento para aquele inverno, quando completava vinte e cinco anos, cinquenta que o Boi aparecera pela última vez.

E foi que estava no mourão da porteira num sol se pondo, um sol frio, vento cortante, ele sozinho no curral, quando olhou e viu: era o Boi, plantado nas patas, além dos bois deitados, olhando para ele. Nardo das Benevides só fez arriar a mão direita prum lado e agarrar a aguilhada, deslizando de mansinho para o chão. E os dois ficaram frente a frente e quem primeiro foi ao ataque foi o Boi, não pegando o Homem, e depois foi o Homem e não pegou o Boi, o ferrão na carne era mesmo que em pedra de pedreira, e o Homem no Boi e o Boi no Homem, e avistaram os dois e o curral ficou arrodeado de gente e os dois na peleja, caiu a noite, avançou a noite atravessaram a noite, pega não pega, dá que não dá, é agora e não é, vai raiar o dia, o Boi de ajoelhou, o Homem se curvou e a ele se juntou, levanta-se Boi vamo-nos s'embora já deu meia-noite já rompeu a aurora e houve pandeiros, bumbas e zabumbas na festa do casamento do Homem, na festa do Boi e do Homem.

DA PEIXA

Estava sentado na torre mais alta da igreja como se a ponta não o machucasse, esgarçando nuvens com os dedos e passando os fiapos em suas barbas para mais embranquecê-las, quando o amigo o chamou, de baixo, num sussurro: Êi, Da Peixa. Ele se limitou a sorrir, não dando mostras de ter ouvido o chamamento e continuou na tarefa. O amigo recuou para ter melhor visão, pôs as mãos nos quadris numa posição mais cômoda de observador e ficou rememorando sua impressão de vinte anos atrás, quando o encontrou pela primeira vez à frente da turma pesada, já figura lendária, comandando, na formação clássica do WM, o ataque do time da orla marítima, primeiro em putas, bebidas, charivaris:

Marinheiro
Tibúrcio – Foninho
Bóris – Mão de Ferro – Veloso
Barbosinha – Bombeiro – Da Peixa – Gaturana – Mindo

O time famoso permaneceu invicto durante várias temporadas boêmias, mesmo quando dois ou três reservas substituíram os titulares em seus impedimentos. Aos poucos, no entanto, todos se dispersaram, atraídos por melhores promessas, perdendo, também, a forma física. Só ficou o centroavante Da Peixa, transformado em técnico de outras formações, conversador de juntar mesas, conselheiro bonacheirão, tomando cachaça em xicrinhas quando foi proibido o uso da bebida depois das oito da noite, para a polícia pensar que era café pequeno, mas a polícia não pensava nada disto, deixava, em homenagem ao "navegante da noite", ao fidalgo arruinado por cujas mãos passara ouro em grão e em pó, que bebera uma usina de açúcar, que quando virava os bolsos da calça para mostrá-los vazios sempre encontrava um discípulo ou uma amante que considerava um privilégio doar dinheiro, casa, cama e comida, banho de chuveiro, camisa limpa, àquele que considerava a noite "uma espécie de borracha do dia: apagando a gravidade, a farsa, a representação dos atores do lado prático da existência" (*apud* Renato Carneiro Campos, o Observador Astronômico de constelações e astros isolados, antiplanetário, vinheiro e queijeiro). Tudo isto pensava o amigo que não era outro senão o Observador Astronômico, vendo que Da Peixa deixara de agarrar fiapos de nuvens da madrugada, já que sua barba estava toda prateada, para brincar com dois anjos rechonchudos, bundinhas cor-de-rosa e lábios em forma de chupeta, bimbinhas-menino-deus; olhando em volta para os retardatários da noite que ainda tomavam as penúltimas cachaças e batucavam nos tampos das mesinhas as últimas notas, o pátio quase assumindo seu real aspecto oitocentista, com os mesmos fantasmas intransigentes; e voltou a olhar Da Peixa e viu que ele se cansara da brincadeira com os anjos e tentava equilibrar-se, com um dedo só, o médio, o dedo sábio, da destra, na ponta fina da torre da direita, as pernas abertas em compasso para o céu; assustou-se e quis fazer alguma coisa mas nada havia a ser feito, também foi por pouco tempo, porque Da Peixa já sentara no paredão e bebia pelo gargalo de uma garrafa que lhe fora levada por um sacristão morto havia mais de cem anos: era vinho de missa mas na falta de outra coisa mais ardente servia e trazia lembranças dos xaropes avinhados da infância; e fez um sinal para o amigo, pedindo-lhe que subisse, mas o amigo não podia supor como tentar escalada tão difícil e tão perigosa, nem sequer deu um passo, Da Peixa estalou os dedos à maneira de mágico barato e o estalo deu resultado, o amigo voou, estava no paredão, ao lado de Da Peixa, as pernas balançando no vazio, o bar de Nenê Milhaço fechando-se, a última pessoa desaparecendo, Da Peixa, sem uma palavra, apontando para baixo, apresentando ao Observador Astronômico a Fantástica Visão do Pátio do Mercado.

UMA MOÇA PRA CASAR

Da travessa que ligava o velho pátio à avenida principal da cidade surgiu a moça, em branco, o véu se arrastando por metros nas pedras, as pontas sustentadas por dois pajens em verde, caras de sapo, mais pulando que andando. Reparando bem via-se que a noiva não pisava nas pedras mas flutuava um pouco acima delas e olhando-se melhor; cadê cara? Em lugar do rosto não estava a bem dizer um buraco, nada disso, mas um projeto esfumado de fisionomia, podendo-se descobrir até um sorriso. O buquê, que ela trazia na mão direita, pouco a pouco ia crescendo, as rosas já se parecendo a repolhos, em tamanho, não tardaria que o buquê se transformasse em árvore que ela continuaria empunhando com toda a graça. Sua mão esquerda estendia-se para uma pessoa imaginária, seria padrinho ou noivo, que fosse visto à maneira de cada um. No meio do pátio a noiva e os pajens se detiveram, flutuantes, mais do que: esvoaçantes.

DUAS CANADAS DE VINHO

Da travessa que conduzia ao hotel de Doroteu, onde o pintor Zé Cláudio se preocupava em pintar os gordos, sendo um deles, quatro negros apareceram conduzindo, em forma de andor, um pau em cada ombro, pipas de vinho para a festança. De onde estavam, tanto Da Peixa como o Observador Astronômico podiam ver que o vinho era mais do que tinto: roxo, fervente, as bolhas salpicando o ar puro da madrugada cinzenta. Os quatro negros não se limitavam a carregar o andor do vinho, mas entregavam-se a passos complicados que punham em perigo a segurança dos recipientes, passos que não se combinavam entre si, principalmente quando se detinham de sopetão e cantavam com toda a pressa possível e imaginável, de um só fôlego: Pinica-pau de atrevido cortou o pau, fez um andor, rodou, rodou, rodou, pinica-pau, olé, sim senhor, pinica, pinica, meu amor, as meninas vão dizendo meu amor assim não dou, não dou, não dou, pinica-pau, em cima deste jirau tem é vinho sim senhor, pinica-pau, olé, meu amor, vai subindo devagar, até que possa chegar para poder beliscar aquele buquê de flor, voou um pássaro e não bicou o buquê porque o buquê, já então, era uma árvore onde ele se escondeu, ouvindo-se, a espaços, um grasnido, os negros ensaiavam outros passos, até se deterem diante das portas da igreja, onde arriaram as pipas e lá ficaram, à espera, também esvoaçantes.

TRÊS PARELHAS DE PADRINHOS

Da ruela à direita da igreja surgiram eles, trauteando e dançando uma velha mazurca, rodopiavam no ar, tanto, que as suas formas mal se distinguiam, semelhantes a piões girando no embalo da primeira força, aos poucos o ritmo ralentando e eram três mulheres e eram três homens, as primeiras de organdi verde-claro, os segundos de fraque e cartola, os rostos como se estivessem embaixo d'água, deram-se os braços e, muito dignos, silenciosos, apenas trêmulos, ladearam a noiva dois casais, o outro se postando além, mais além, depois dos pajens, exatamente no centro geométrico da longa cauda branca.

QUATRO PADRES NO ALTAR

Da Peixa cutucou o Observador Astronômico, ambos se viraram, o telhado da igreja transparente, e viram, numa luz que era e não era azulada, sendo, os padres, em vermelho, no altar-mor, virados para a porta ainda fechada, as mãos entrelaçadas à altura do púbis, eretos, pareciam estátuas, nem piscavam, cera? Um deles pigarreou, desentrelaçou as mãos e levou uma delas à boca, delicadamente, logo refazendo a postura. Então foi a vez de outro, e mais outro, e o último, obedientes ao mesmo cerimonial, findo o cujo encostaram as cabeças e começaram a embalar-se, na espera, os pés colados no mármore.

CINCO MESAS DE JANTAR

O dedo indicador apontado para o outro lado do pátio, as janelas do segundo andar do sobrado pintado em azul abrindo-se de par em par, deixando ver, alinhadas, buchudas de iguarias, as mesas, cinco, as velas queimando nos candelabros, o reflexo da prataria, dali, até, sentiam o odor dos perus assados, dos pernis, dos lombos, das cabidelas, dos presuntos, das compotas, dos queijos, das frutas, das coisas mil digeridas e voltadas, à espera dos convivas para novo processo. O sobrado de junto, róseo, também se abriu e deu para que se vissem as

SEIS SALAS DE GUERRILHA

com os guerreiros usando coroas de cartolina pintadas em várias cores, já no compasso da dança, eram todos os negros e negras vestidos até a cintura, berrantes, as mulheres entesavam os seios que balançavam, duros, enquanto os homens baixavam a cabeça e prestavam atenção à marcação dos pés, em cada mão um espadim de madeira pintado cor de prata.

SETE SALAS DE QUADRILHA

no sobrado branco, que também escancarou suas janelas, todas as salas bem limitadas e recortadas, os que dançavam eram anões, um deles, com seu vozeirão, comandando as sete quadrilhas ao mesmo tempo, nas mesmas palavras, os movimentos eram absolutamente precisos. *En avant tous, changez des dames, chevaliers au centre et dames au debors, balancez*, e não se via, nos rostos, nenhum sorriso, cumpriam uma obrigação, em alguns sentia-se até nojo, uma vontade de largar a festança, mas o anão-marcador tinha o poder não somente na voz mas nas mãos e da intuição para, com um gesto, obrigar todos ao mecanismo regulador. E dançavam, e *balancez*, e davam-se as mãos, e *dames au centre et chevaliers au debors*, e cruzavam-se, e era o travessê, o mandatário acentuando bem o termo para que todos soubessem que era português mesmo, e de repente, com um piparote, surgiu um cavalheiro de casaca com seus dois metros de altura, varrendo as salas, cavalheiros e damas, como ele, e as salas se transformaram em oito, e os cavalheiros eram

OITO MARCANDO XOTE

na maior alegria, uma alegria derramada, as luzes mais brancas, criados de libré com taças de champanha borbulhante, as damas sustentavam as saias com a maior delicadeza, os cavalheiros puxavam as guias dos bigodes repuxando o lábio superior como gatos assanhados, a orquestra chegava ao auge, abafando as vozes de comando dos oito, às gargalhadas, um dos cavalheiros, só de brincadeira, subiu a parede dentro do ritmo, na horizontal, andou pelo teto na vertical, de cabeça para baixo, desceu a outra parede de costas, de novo na horizontal, sua dama o recebeu, depois que ele se levantou do assoalho, com um beijo estalado e molhado, saíram no xote, a música crescia, no auge os pares se afastaram e ficaram colados à parede, embora no ritmo, a sala nua, também nus os

NOVE NEGROS DE CHICOTE

estalando-os no compasso, eram como tiros, duelo de estalos e rabecas, os corpos pareciam estar oleados, formavam uma roda no centro do salão, bunda a bunda, só havia a batida de pés e o movimento das mãos nos açoites, um rá! rá! violento das gargantas, as damas brancas não tiravam os olhos dos membros viris escuros, ao passo que o frenesi crescia os membros viris noturnos iam entrando em ereção, eram caçotes de cana roxa mais de palmo, cresciam, empinavam-se em direção ao umbigo, apontavam para o alto, num estalo final, em uníssono no rá! rá! os negros ejacularam sem auxílio das mãos, e então tudo parou, e tudo se esvaneceu; e Da Peixa, rindo, emborcando o vinho de missa, algum do fundo da garrafa, disse para o Observador Astronômico: Olha. Na fileira de casas da esquerda estavam os

DEZ DOUTORES ENGENHEIROS

capacetes de cortiça, cinco se destacaram e atravessaram o pátio, causando perturbação no cortejo, a noiva tendo de recuar uns passos, aborrecida, logo um deles gritou Para, para esse abuso! Colega! Pronto, colega. Desenrola a trena e vamos trabalhar. Estende a linha. Quanto deu? Deu doze. E você, quanto deu lá? Dezoito. Aí fica marcado para fazer umas casas para nossos escravos. Vira a trena para o sudeste e para o nordeste. Pronto. E quanto deu? Doze para doze nada, deu quarenta. E você, quanto deu? Trezentos. Bom, então toma no assento. Aí fica marcado para fazer um prédio para cada doutor engenheiro. Bota para o outro lado. E veja quanto deu e me diga depressa. Aqui, nada para nada, deu nove. E você? Uma vez nada, nada, deu trezentos e catorze. Fica marcado aí fazer uma vila para este povo que pertence ao Capitão Boca-Mole. Pronto. Torna a estender a linha do sudeste para o nordeste. Vê quanto deu aí. Deu três. E você, quanto deu no seu? Deu quarenta e quatro. Pois bem, aí vai ficar determinado para fazer um curral muito bem-feito para um boi lavrado, bonito e gordo aparecer pela madrugada. E mais não disse nem lhe foi perguntado porque surgiram

ONZE CAVALOS BAIXEIROS

que varreram do pátio as pessoas práticas e sapientes, deixando que o cortejo se recompusesse e os bailes continuassem, Da Peixa torcendo-se de rir e apanhando no ar, para substituir a vazia garrafa de vinho de missa, outra cheinha de *Fondador*, dividindo os tragos com o Observador Astronômico, enquanto adentravam o pátio

DOZE BOIS DE CARRETÃO

lentos, pesados, cheirando a campo, sem nenhuma necessidade espicaçados, sem se incomodarem no mínimo, por

TREZE VARAS DE FERRÃO

prateadas, reparando bem suas pontas eram rombudas, nenhum mal haveriam de fazer aos tonelados ruminantes, aos quais

CATORZE CARAPINEIROS

já estavam atrelando os carros enfeitados com arcos de folhas de coqueiro, rangedores, em cada um dos carros, em número de seis, arranjavam-se cinco donzelas, cada grupo de cinco assim: primeiro carro, donzelas de verde, empunhando bandolins, num compasso de barcarola cantando seus olhos são negros, negros, como as noites sem luar, são ardentes, são profundos, como o negrume do mar; segundo carro, donzelas de cor-de-rosa, de guitarras, cantando era o meu lindo jangadeiro de olhos da cor verde do mar; terceiro carro, donzelas de azul-claro, de alaúdes, cantando um dia, foi em Andaluzia, eu vi um cigano a cantar, e era a canção tão sincera de castanholas batidas ao luar; no quarto carro, donzelas de amarelo, com violinos, cantando não sei bem quem és, mas sei que entraste em meu olhar como na sombra entra uma réstia de excelsa luz pelos meus olhos tristes nunca percebida; e no quinto carro, donzelas de vermelho, apenas uma no violão, as outras cantando sol, pelo amor de Deus, não venha agora, que as morenas vão logo embora. E logo os carros estavam rodeados de

QUINZE TENENTES-LANCEIROS

em tons verdes, azuis, amarelos, róseos e vermelhos, estendendo as mãos que tocavam na ponta dos dedos das donzelas, ora afastando-se um pouco e jogando serpentinas, ora juntando-se mais para galanteios cochichados, os cavalos impacientes com o andar moroso dos bois, escarvando, querendo escavar as pedras, das janelas dos sobrados caía uma chuva de confetes, a mistura de sons musicais formava uma melodia desconhecida mas não desagradável, de inopino os tenentes-lanceiros se apearam, eram exatamente quinze, três para cada carro, sobrava donzela, os bois aceleraram o passo porque a ponta rombuda das treze varas de ferrão se transformaram em estiletes que entravam em sua carne e dela tiravam sangue, os cavalos, sem dono, relincharam, bufaram nas pedras para encontrar um ramo verde qualquer, nada, arriaram as patas dianteiras, logo as traseiras, deitaram-se, dispostos a esperar que corresse e secasse o doce sangue do amor, enquanto

DEZESSEIS TRABALHADORES

provavelmente da edilidade invadiam a praça para juntar o lixo, indiferentes, como se nada vissem, ao cortejo, aos bebedores, aos padres, aos bailes, aos cavalos, cumprindo a tarefa ingente de coletar o monturo de séculos e nem mesmo se detiveram com os

DEZESSETE CAÇADORES

que surgiram de todos os lados atirando em pássaros, pacas, tatus, veados, antas, contando as presas, desfiando estórias, comendo grandes nacos de carne-seca e bebendo uma zurrapa amarelo-esverdeada, as escopetas carregadas pela boca com pólvora, bucha e chumbo para novos tiros, só que os sons não eram ouvidos, um deles descobriu os cavalos, dos cavalos quinze se apossaram, dois correndo atrás, o da frente, imediatamente vestido de caçador de raposa inglês, gritando *let us go*, todos investindo contra

DEZOITO QUEIJOS DE COALHO

pendurados numa vara que atravessava o pátio, neles atirando de boca, munição mais não havia, passaram deixando os queijos sem nódoa e sem marca, descobriram num canto, apinhadas, as lanças dos tenentes, faltava uma, sobrariam três queijos, quinze foram espetados e logo engolidos pelo apetite voraz, um caçador a cavalo e dois caçadores a pé se esforçaram em vão para abocanhar os três queijos que estavam pendurados quando, na vara, foram pousar

DEZENOVE PAPAGAIOS

que começaram uma assoada tremenda, bicando os queijos, despejando pornografias em todas as línguas conhecidas, mortas ou por descobrir, afugentando os míseros caçadores que, mui tristemente, se sentaram no meio do pátio, enquanto os papagaios, apaziguados, se entregaram à agradável tarefa de continuar bicando os queijos, um deles bichado, os vermes brancos caindo na cauda da noiva que ainda aguardava o noivo para entrar na igreja. E o noivo, todo de preto, cabelos escuros abertos ao meio, calça meio-coronha, foi trazido nos braços dos alegres

VINTE HOMENS DANÇADORES

que com ele rodopiaram, jogaram-no para cima, ampararam-no, sem que ele perdesse a chamada compostura, enfim colocando-o ao lado da noiva. Alguém deu um grito, o cortejo caminhou para a igreja cujas portas já estavam abertas, os sinos tocando, mas logo, a uma gargalhada de Da Peixa, o Observador Astronômico viu que tudo desandava de trás para a frente, o cortejo recuando, surgindo e desaparecendo, os vinte homens dançadores, os dezenoves papagaios, os dezoitos queijos de coalho, os dezessete caçadores, os dezesseis trabalhadores, os quinze tenentes--lanceiros, os catorze carapineiros, as treze varas de ferrão, os doze bois de carretão, os onze cavalos baixeiros, os dez doutores engenheiros, os nove negros de chicote, os oito marcando xote, as sete salas de quadrilha, as seis salas de guerrilha, as cinco mesas de jantar, os quatros padres no altar, as três parelhas de padrinhos, as duas canadas de vinho e a moça pra casar.

Quando o Observador Astronômico deu acordo de si estava sentado na calçada, ao lado direito do pátio, junto de Da Peixa, que falava com voz pausada sobre um amigo morto, logo se levantando, espreguiçando-se e chamando-o ei, vamos, o dia clareou. O Observado Astronômico ergueu a cabeça e viu que o céu azul anunciava mais um dia de calor. Levantou-se também e, junto a Da Peixa, deixou o pátio que já se ia povoando de calungas de caminhão, verdureiros, aguadeiros para o primeiro café, lavadeiras, bodegueiros. A calçada da igreja começava a ser lavada pelo sol.

ROMANCE DE JOÃO-BESTA E A JIA DA LAGOA

Sobre o folheto de Francisco Sales Arêda

Vãobora rapaziada que é de noite o sol é quente e amanhã vai chover, gritava um, saíam dois, João-Besta ficava na rede se balançando, a rede no alpendre, olhando as nuvens, assobiando baixinho coisas que lhe acudiam à cabeça e que não tinha ouvido em canto nenhum, da minha lavra era seu orgulho dizer quando do assobio como tal qual flauta saíam os sons e as melodias, nos arredondados e trinados; dois os irmãos, saibam, eram Manuel e José, lordes, em bons cavalos esquipadores, mal trabalhando no engenho do pai do Coronel Cleto dos Santos Cunha Feitosa, bem noventa no lombo mas montador ainda; Manuel tacanho que só se vendo querendo tudo para si e desgraça para os outros, José interesseiro que não podia ver vantagem que não enfiasse a faca pouco se importando no prejuízo alheio, zombadores de João, o besta, o besta da rede, das noites de lua, do assobio, o besta das flores e dos remansos, nem não ligava pra coisas de lordeza, nem tal e coisa nem mané--coisa; os dois na farra da cidade e João-Besta na aragem da noite contando estrelas; os dois enfarpelados nas três festas do ano e João nas flores silvestres, lesando; os dois nas vaquejadas e João contando pedrinhas, coisas de doido no dizer do próprio pai, só tem um jeito é garrotar esse menino na palha da cana mas não se animava a tais extremos e lá se ia João nas tardes de crepúsculos vermelhos e tristes e nas manhãs de orvalho com gitiranas arroxeadas, com modas esquisitas no assobio sem par, aqui e ali uma frase cantada na brisa nos cabelos da montanha, ninguém entendia mas gostava, era João, o besta, o besta do João.

 E vai e chega e vem o dia em que os dois irmãos, avoados, se chegam ao pai, ao impávido do Coronel Cleto dos Santos Cunha Feitosa, em dizeres de correr mundo, na estreiteza de engenho não caberiam, nas endoenças muito menos e a alegria sempre a mesma da cidade já não os satisfazia, pelo que licença pediam para conhecer o oco do mundo, só que lhes faltava dinheiro e sua parte na herança receberiam mesmo em vida, que Deus nos livre, que a morte vos chegue mais atrasada que chegou para Matusalém, os dois nos risos, do Coronel Cleto dos Santos Cunha Feitosa só fez mesmo soltar um sorrisinho que era ao mesmo tempo de desprezo e inveja, ergueu-se do cadeirão em que estava sentado numa bem altura de quase dois metros, que do tamanho era sem tirar nem pôr, todo homem tem sua cota de merda para fazer no ano, foi também só o que falou, adentrou a casa, lá nos fundos, no quarto parede-meia ao seu, na bruaca foi e dela tirou punhados de moedas de ouro, mancheias, no cálculo sem conta, voltou, uma das moedas escapou e retiniu no batente da porta, deixou-a, chegou-se aos dois, nas mãos lhes derramou as supraditas, os dois já no gaudério, ele na sisudez, só foi dar-lhes a bênção nem bem pedida e os cavalos ajaezados, presentes de despedidas, os dois botarem matulão nas costas, passarem a perna nas alimárias e tome poeira no horizonte sinal de ausência, do Coronel Cleto dos Santos Cunha Feitosa de dedos cravados na madeira da varanda, barbas ao vento, abriu a boca que nem quem vai gritar mas o som saiu cavo, único: Bostéu.

E ainda bem que não era decorrida uma semana que ao Coronel Cleto dos Santos Cunha Feitosa se chegou João e, como lição decorada, também fez ver ao progenitor seus desejos de andanças, só que dessa vez o patriarca caiu na gargalhada e tanto gargalhou, para obra de duas horas, que os vaqueiros se chegaram, as negras vieram da cozinha, doença estranha, achavam e comentavam, mas o velho afinal parou e informou aos da roda, para quem quisesse ouvir, que João o besta também queria correr mundo, sem quê nem quês, só por nada, não apresentava razões, pois vai e nos cafundós ficarás, e toma dinheiro, e dinheiro não quero não, o patriarca de boca aberta estava de boca aberta ficou, sem dinheiro?, sem dinheiro, e como farás?, eu me arranjarei, o patriarca aí emburrou, preocupado afinal, leva alguma coisa, só sua bênção, foi então o ancião e já lhe estendeu a mão, com a outra no seu bolso lhe botou um só dobrão, ficou tão alegre o João, João-Besta saiu cantando oi-oi-oi que eu estou rico adeus até não sei quando.

E pé na estrada, ao deus-dará, com bem dois dias foi encontrar os irmãos embaixo duma frondosa árvore plantada bem no centro duma encruzilhada, comendo e bebendo do melhor e do bom, João-Besta na côdea de pão, satisfeito, depois da água só assobio, os dois na gaitada, que farás que farás, e na frente dos três três caminhos havia, Manuel disse somos três e três caminhos a quadra é satisfatória cada um segue por um pra ver quem ganha a vitória e José aí foi e disse também por sua vez que dali a um ano no mesmo lugar se encontrariam, teremos que nos juntar daqui iremos pra casa a nossa história contar; e uma para a esquerda e outra para a direita, e João-Besta em frente no assobio arredondado, era o princípio da tarde, a tarde toda caminhou, flores amarelinhas na beira da estrada, regatos, árvores, abelhas, brisa, foi-se a tarde, já escurecendo ele fez seu paradeiro e arriou pra descansar na sombra de um juazeiro, foi só armar a rede, fazer foguinho, na rede se espichar, João-Besta, debaixo das estrelas, assobio claro, límpido, no veranico de maio esperando a carne assar, mas nisto saltou uma jia tamanho de um cururu disse João guarde essa carne que aí tem comer pra tu e mergulhou na lagoa macia como um muçu.

Lento-lento, uma perna pra fora da rede, a outra, como quem não quer querendo, João-Besta levantou-se e mais adiante, a mesa posta, a ela chegou-se e olhando viu, vendo coisas que somente de oiças conhecia ou conhecia de leituras era dado, só que na mesa só coisas de água, estavam: camorins grelhados, pitus de coco, aratanhas ensopadas, aruás fritos, caritós cozidos, piabas torradas em pratos refulgentes, bebidas em copos coloridos, talheres de prata, compoteiras com doces variegados e fruteiras com frutas que nem da estação eram; João--Besta se abancou numa cadeira estofada de veludo verde, guardanapo passado em volta do gogó, baixou a cabeça e comeu, e quanto mais comia mais vontade tinha, não se empanturrava, a comida leve, e saborosa, e digestível, e vamos e venhamos, de tudo comeu, provou e degustou, na rede refestelou-se, a mesa desapareceu, no assobio foi a sua alegria e no canto o bem-estar: Que vida boa esta minha brincar comer e beber e dormir nesta redinha; e na beira da lagoa apareceu a jia, papo batendo, esverdeada, boca rasgada, patas assentadas, falou pra ele aí tem cama pra dormir desenfadar, foi só João-Besta olhar de lado e viu o que nunca tinha visto nem ouvido dizer que existia: um leito com amplo dossel de seda levantina e fofo colchão de penas de pavão, macio travesseiro de penas de avestruz, mosquiteiro cor-de-rosa de escumilha oriental; e foi deitar e afundar e um perfume de laranjeira no ar se espalhou e no sono mergulhou e nada sonhou que de sonho não mais precisava.

E mal o dia começava a nascer com as cores do róseo e o rocio e o canto dos pássaros, João-Besta abriu os olhos e apurou os ouvidos para ver e ouvir a jia, na beira da lagoa, papo batendo, esverdeada, boca rasgada, patas assentadas, falando venha já para o café que está pronto na mesa e foi João-Besta olhar para o lado e numa mesinha viu uma toalha de brilhantes a louça de prata e ouro um tesouro alucinante e junto dele tocava uma música delirante acompanhando uma voz argêntea vinda da jia, só que no canto era diferente da fala, o canto dizia paz amor soberania pari-pari-paromba inda serei tua um dia, e João no assobio estabeleceu o dueto e cada um que dissesse, à sua maneira, coisas lindas de amor e pranto, saudade e dor, choros e risos, adeuses e venturas mil e quando se lembrou do cantador que vira e ouvira em feiras dantanho, cantador de nome Areda, foi só dar como sua a canção e cantá-la em dó de peito: Ó luar do céu luar/ do luar sereno vejo/ no luar do luar luar/ luar de lua te almejo/ neste luar enluarado/ meu luar me dá um beijo; e nisto poderia ser o vento mas também poderia jurar que não, um leve roçar nos seus lábios levou-o a tremedeiras arrepiantes de gozo infindo, os olhos fechados, coração batendo; e logo ao despois, passado o frenesi, à mesa sentou-se e regalou-se e quando viu, num átimo, apaixonou-se: pela lagoa, pelas árvores e pelas flores, pela jia apaixonou-se, ela pulando ao seu redor, catita mais que catita, e na boca rasgada começou a achar encantos e nas patas assentadas encantos mil e na cor esverdeada mais que mil.

E foram-se os dias no canto e nos assobios, nas conversas de a toda hora, horas de enlevo, nos banquetes, eram só gozos infindos em tardes de risonha primavera e em noites de verão que tanto amei, té que um dia ele se decidiu, solteiro estava mas solteiro não ficaria, dono da lagoa seria, só que com a jia casaria, e isto mesmo lhe propôs e ela mais que depressa, de esverdeada para rósea ficando, pegou na sua palavra e tratou de fazer os preparativos que não lhe disse quais haveriam de ser, mas nela o moço confiava, confiança maior não poderia haver depois de tantas maravilhas tidas e havidas; mas nem bem decorrera uma semana da proposta e a jia, amorosa, terna, sempre rósea, boca rasgada, lembrou-se ó meu João não seja ingrato, vá atrás de seus irmãos para cumprir o trato; e aí João foi, abriu os olhos, puxou pela lembrança e se lembrou, puxando-a, que na verdade chegava o dia do encontro, e ao encontro foi, na encruzilhada se encontraram, ô-lé-lé pancada um dia vai a moenda girar, os dois na folgança de cavalos empinados, João-Besta mesmo nos pés, era só molambos, os dois nas gaitadas e ele nos meios sorrisos, os dois montados seguiram para o engenho do pai, João-Besta sempre sorrindo caminhou um pouco atrás.

Um nada mais velho, natural, o Coronel Cleto dos Santos Cunha Feitosa, alegria contida e serena ao receber os filhos das andanças nas prestações de contas, que não mais esperava, mas devidas eram, foi José quem tomou a palavra e disse para quem quisesse ouvir que se fora muito bem na classe de aventureiro porque ficou num estado onde ganhou bem dinheiro e lá casou com a moça mais rica do mundo inteiro; ao que Manuel informou, por seu lado, na empáfia, olhem aqui e eu também cheguei a uma cidade fiz muitos negócios bons e tive a felicidade de arranjar uma esposa rica e linda de verdade; e vai e era João, os olhos em cima dele, sou todo ouvidos disse-lhe o pai, João na vergonha e o bestunto trabalhando, querendo mentir e o amor o impedindo, mas tanto insistiram que ele sem mais poder disse eu nem andei muito nem ganhei sequer dinheiro que cheguei numa lagoa lá passei o ano inteiro amando uma linda jia à sombra de um juazeiro.

Logo que terminou de falar os circunstantes mostraram, de espanto, as bocas em ó, suspensos, parados, mas logo explodiu, primeiro a gargalhada do Coronel Cleto dos Santos Cunha Feitosa, estentórica, depois a dos irmãos, cascateante, e dos outros, cada uma à sua maneira, mas todos em coro, sem poderem parar, e quem chegava ria e quem não ria sorria, mas era raro o recém-chegado por contágio não estourar na gaitada, só João-Besta, sorriso ameno, esperava que tudo serenasse e tudo só serenou depois que esvaziaram as bexigas, escarraram o que tinham de escarrar, enxugaram as lágrimas, curaram as dores de barriga com o que havia de elixir paregórico; e depois entraram nos reconstituintes e nas gemadas, nos cálices de vinho do Porto, recuperaram as forças, foi então o Coronel Cleto dos Santos Cunha Feitosa e falou que estava tudo muito bem, cada um tinha a besteira que merecia, só que quando recebesse as noras, no prazo de um mês, com festanças e comedorias, ele João-Besta lhe fizesse o magno favor: Ali está a estrebaria para você se arranchar com a sua dona jia.

E foi e era a fresca da madrugada, tudo escuro ainda, João-Besta sorrateiramente deixou o lar paterno e pelas estradas se mandou, quanto mais se mandava mais seu coração cantava, andou montes e andou vales, colinas também andou, rios ele atravessou, ao avistar a lagoa aí foi que assobiou, e na beira da lagoa a mesa posta com as mais insignes comedorias e a jia rósea, de boca rasgada e patas assentadas, cantando olé olé olé ô triques ô maria-olé que as ondas do mar lá fora não são como cá no rio, e à noite teve retreta com farra e muita função e mais de quinhentos sapos fazendo reunião; e os dias que se seguiram foram de festança, o enxoval de dona jia no apronto, a lagoa enfeitada, toda a noite eram cantorias e bebedorias no mundo da saparia, até que chegaram as bodas com o cururu-capelão e vieram as testemunhas cumprir a lei da nação, a jia toda vestida de branco, ali se juntaram os sapos, juntou-se a jia com João, celebrou-se o casamento com toda a ostentação; e mal bem--casados estavam e João-Besta olhou de lado e viu a carruagem toda em ouros e franjas de veludo, cortinas de damasco, batentes de jacarandá, puxada por dezesseis sapos-bois, o séquito composto de todos os sapos e jias que se poderiam contar às dezenas, todos coaxando no hino nupcial; e foi e vai a jia entregou a João uma caixinha trancada e disse faltando meia légua pra chegada você abre esta caixinha que pra você foi fechada; e a carruagem foi puxada, o cortejo aos saltos, o coaxar era harmonioso, bá-rá-buru ei-ei-ei, ra-ra-ró ro oi-oi-oi tu-tu-turu mé-mé-mé a-é-ó-a moi-moi-moi bum-bum-bum bum crá-crá-crá ti-ti-ri foi-foi-foi.

Na casa-grande do Coronel Cleto dos Santos Cunha Feitosa, já se dançava e bebia havia bem um dia e de vez em quando um dos convivas gritava na euforia da brincadeira cadê João-Besta que não chega com a jia; e então com meia légua como a jia tinha dito João abriu a tal caixinha deu um estrondo esquisito que ele caiu por terra dez minutos quase frito; e quando abriu os olhos estava nos braços de uma mui linda donzela e todos os sapos logo em gente se transformaram: governadores, deputados, senadores, músicos lá na estrada pararam, outros sapos e outras jias eram copeiros e copeiras logo começaram a montar a mesa para o banquete e quando a mesa ficou pronta media três quilômetros de comprimento justo do lugar em que estavam até quase tocando a escadaria da casa-grande e foi o Coronel Cleto dos Santos Cunha Feitosa chegar à varanda atraído pelo som das fanfarras e os gritos de admiração dos seus próprios convivas e foi quem mais gritou eita cortejo imponente e João traz uma donzela a mais linda do ocidente.

Ergueram-se coretos para as orquestras e todos se sentaram à mesa de meia légua para comer as comidas dos quatro cantos do mundo e eram chinesas, japonesas, havanesas, francesas, portuguesas, finlandesas, dinamarquesas, e os vinhos bebidos eram italianos e congoleses, alemães e siameses, suíços e arabaneses; e todos na maior alegria e João se olhando viu como estava vestido de escarlate e dourados, penachos verdes e botas azuis, mas os irmãos subitamente de preto e também pretos iam ficando enquanto a festança andava, saíram da mesa e no mato se escafederam, ficaram as esposas e com pouco mais no pipocar do champanha as ditas estavam nos despautérios, o Coronel Cleto dos Santos Cunha Feitosa mandando que as fechassem a sete chaves no recesso da camarinha, a alegria nem por isto diminuiu durante sete dias e sete noites, findos os quais cada um foi para o seu canto, embora da região não mais saíssem, eu vinha com um prato de doces mas quando foi na ladeira do quiabo escorreguei e o prato se foi, João se trancou com a donzela e com ela, por mais sete dias e sete noites, boca com boca sem poder assobiar, dando-se ao jogo inesgotável e perdurável, mui amável e agradável do lesco-te, lesco-te.

O TRAIDOR

A Ofélia e Paulo Cavalcanti

Lutava com o couro o dia inteiro: batia, cortava, raspava, costurava; saíam: borzeguins, botinas, chinelos, botas, chapins, caras-de-gato, brutalidades e delicadezas, cavucando. De noite esquecia a sola, se derramava na espreguiçadeira, boa ponta de língua, café e conversa, até as dez, dormia como um lorde e acordava com os primeiros clarões, vida mansa, já fora agitada, o primeiro a se preocupar com os operários da Great Western e os trabalhadores do eito. Comera muita cadeia, até maus-tratos, perdera o apelido para ganhar um outro, era Zumba-Dentão antes da última prisão, o Cabo Luís, a bruto, arrancara-lhe o dentão na ânsia de arrancar-lhe também uma confissão sem que confissão houvesse a fazer, passara a chamar-se Zumba-sem-Dente da noite pro dia. Agora, estava quieto de seu, havia muito que não se dizia mais bolchevista, também havia muito que não aconteciam agitações, tudo sossegado, todo o mundo na toca, a ditadura se prolongava e em tempo de ditadura ninguém conspira, cochicha, trama, é esperar que a ditadura passe e chegue a democracia, aí então voltam a conspiração e o cochicho e a trama. Pelo menos era o que pensava Zumba-sem-Dente e isto mesmo dizia aos seus amigos e clientes, o que quer dizer à cidade toda no que tinha de comerciantes, senhores de engenho, empregados no comércio, ferroviários, seu Franco o dono da fábrica de sabão, e mais os notáveis: o juiz, o promotor, o advogado, o médico, a parteira, o tabelião e o escrivão do registro civil, como justificativa por haver abandonado o título de revolucionário, além do de bolchevista já citado. Pois se refestelava na espreguiçadeira, os amigos em volta, ouvindo, confirmando as histórias, asseverando, que é, é, Zumba-sem-Dente de voz mansa e fofa, nos termos e nas alegorias, sabichão, homem danado de inteligente era a opinião unânime, opinião dele próprio o que eu tenho é calete, onde diabo você ouviu essa palavra?, passou um pássaro assim voando, eu agarrei, caiu uma pena, eu fui ver, tava escrito calete; cheio de ditos e graças, principalmente quando de mulheres, a sua no preparo do café que todos tomavam forte de cortar de faca, abri foi a mãe na beirada, aquela dá conta de um batalhão, aquela ficou que é só bagaço, mulher que se espreguiça ou tem sono ou quer piça, tudo a propósito de cada uma, conforme o caso, casos de mulheres, gozava a fama de ter sido um entendido perfeito nos antanhos, agora estou que não amolo mais o canivete, mas já tirei muita casca de limão, e suspirava, e a roda com ele, nos suspiros e nos anseios, quase todos provectos, um ao outro se arriscando a uma catucada meio bamba conforme confissão sem acanhamento, estava-se entre amigos.

E ia Zumba-sem-Dente atravessando os dias, até que começou a ficar inquieto, embora trancado, sem comentários, somente a mulher sabia da inquietação que o via insone, levantando-se durante a noite vezes sem conta, na desculpa da sede, da bexiga cheia, da coceira no corpo, do calor, nada da verdade, e ela sem saber, até que notou nas horas das duas da tarde, o solão queimando, as ruas desertas, todo o mundo na sesta, somente Zumba-sem-Dente na batida da sola, chegava um chegava outro Zumba-sem-Dente no cochicho, os outros ouvindo calados, às vezes arriscando não ou sim, ele aumentava o cochicho, um ao outro balançava a cabeça na concordância. Isto entrava dia saía dia até que a mulher teve a explicação dada espontaneamente por necessidade de desabafo, se aproximava a eleição para prefeito e ninguém nem falava nisso, medo ancilar do Coronel da Guarda Nacional Atanásio Passos de Albuquerque Coutinho, mas dessa vez era preciso uma oposição, notícia maior: ele se candidataria, depois de trinta anos a edilidade precisaria de outras mãos, mãos civis, a mulher tentou dissuadi-lo, Zumba, você além de analfabeto é bolchevista, além de analfabeto e bolchevista você é popular, e popular, segundo mardo, não tem vez com patente, mas ele firme, então pra que fazem eleições, eleição de um candidato só?, eu vou lá, não vai, Zumba, vou, e foi mesmo, ninguém não tiraria da sua cabeça a eleição.

Quando a notícia começou a correr não faltaram os avisos, os mexericos, as ameaças, os comitês, os prós e os contras, já se formara uma opinião, muita gente sensibilizada, a turma do café de Nenê Milhaço na galhoferia: Zumba-sem-Dente/ Zumba-Dentão/ Fica sem couro/ Do par de culhão; o Cabo Luís começou a rondar a sapataria, sorridente, batendo no culote com o facão rabo de galo, aceitando um café, indagando de coisas outras menos de eleições, foi o primeiro da fila quando Zumba-sem-Dente fez o primeiro comício trepado num caixão de querosene jacaré, juntou gente, abriu-se subscrição para custear as despesas com a eleição, teria de viajar para os distritos de Xexéu, Bem-te-vi, Preguiça, teria de oferecer comes e bebes aos seus eleitores que a isto mesmo se dispuseram, na primeira ceia comeram duzentos e oitenta pães doces, seiscentas bolachas de cego, oito quilos de queijo do sertão, mil e cem xícaras de café. Mas a despesa foi diminuindo com a escassez de eleitores, coisa estranha, até que Zumba-sem-Dente veio a saber que cada eleitor estava recebendo a visita do Cabo Luís, falando de como era dolorosa a vida de cadeia com carne podre e o café ralo, vez por outra uma surra de cipó de boi, conversa muito própria para cagaço e deve-se dizer a bem do Cabo Luís que eram tão convincentes os seus atos e palavras que nenhum dos conversados hesitou, debandando sem cerimônia, até que Zumba-sem-Dente viu-se cercado de meia dúzia de tipos risonhos, chapéu quebrado na testa, rebenque no pulso, punhal atravessado na cartucheira que do outro lado ostentava um queimante, os risonhos cuspindo grosso e com ruído, cuspe certeiro formando uma poça aos pés do orador, só rindo, o orador encalistrado mas teimoso, os risonhos lançando mão de outra arte, a dos pigarros, tantos que eram ouvidos da esquina distante, mas o orador continuava firme no seu discurso das cinco da tarde em ponto, todas as tardes; então os risonhos passaram a bater com os pés no chão, em cadência, à maneira do coco, levantando poeira, mas Zumba-sem-Dente não se deu por achado e continuou, só parando quando achava que era tempo de parar; e por isto os risonhos foram mais além: gritavam ra-rai pum-pum, ra-rai pum-pum, sem parar, uma hora seguida, como revólver de caubói, mas Zumba-sem-Dente nem nem.

Isto durou uma semana e dois dias, findos os quais Zumba-sem-Dente pôde fazer, durante três tardes, seu discurso sossegado, contando até com a presença de cinco matutos durante dez minutos, ao fim dos quais foram os distintos convidados pelo Cabo Luís a ir tratar das suas obrigações. Então, na noite do quarto dia da segunda semana em que Zumba-sem-Dente vinha podendo exercer livremente seu direito de candidato ao cargo de Prefeito, aconteceu o fato que comoveu a cidade, isto contado pela mulher de Zumba-sem-Dente, aos prantos, na roda do café de Nenê Milhaço, para onde correu em busca de auxílio, quero dizer, de consolo, porque auxílio mesmo, quem o poderia dar? Contou: Foi agora, não faz nem dez minutos, eu estava coando o café e Zumba sentado na mesa quando ouvimos um barulho na porta da frente, nem tempo deu pra ele se levantar, apareceram na sala cinco homens com aquelas máscaras que os bandidos usam lá no Apolo para assaltar a diligência de Pirle Uaite, de arma na mão, eu não disse nem ui e já eles partiram pra cima de Zumba, meteram um capuz na cabeça dele, daqueles que usam na fita de Francis For, amarraram as mãos dele nas costas como eu vi fazendo na série de Édi Polo, e pronto, desapareceram num abrir e fechar de olhos, não sei pra onde, quando tive forças pra correr pra porta já nem vi mais nada, só me lembrei de vir pra'qui, me acudam pelo amor de Deus.

Bom, naquela noite se reuniram os notáveis: podiam suportar tudo, aguentar tudo, estar até mesmo de acordo com as pirraças feitas a Zumba-sem-Dente, menos sequestro. Ah, isto não, tudo menos sequestro, se me faça o favor, senhor tenente no cargo de delegado de polícia, às dez da noite, na sala do júri da prefeitura municipal, onde estavam com os seus cafés e os seus charutos, mas o tenente no cargo de delegado de polícia obtemperou: Que é isso, que é isso?, não se trata absolutamente de sequestro como afirmaram vossas senhorias, mas de uma simples prisão decretada por um furto praticado pelo suplicante nos armazéns de açúcar; e a violência? que violência?, a de que ele foi vítima segundo declarações da sua consorte; ora coisas de consorte, não aconteceu nada disto; como não aconteceu?, invencionices; e onde está o homem?, ora onde havia de estar, em nossa penitenciária. E lá foram e lá constataram que efetivamente Zumba-sem--Dente dormia tranquilo no catre por onde passeavam as baratas e os percevejos normais. Voltaram os notáveis sossegados, mas a cidade alvoroçada tornou-se e formaram--se grupos, comitês pró-liberdade do sapateiro, pela primeira vez falou-se de uma opressão militar e apareceram volantes condenando a ditadura da Guarda Nacional. O grude se formou: de um lado os membros da Sociedade União Humanitária da qual Zumba-sem-Dente era conselheiro, os do Recreio Familiar do qual Zumba-sem-Dente era fiscal, os da Loja Maçônica Padaria da Esperança onde Zumba-sem-Dente era grau 33, os da Associação Comercial da qual Zumba-sem-Dente era sócio, os do Palmares Futebol Clube do qual Zumba-sem-Dente era benemérito, afora as pessoas físicas que hipotecaram solidariedade: o cavalheiro da primeira decadência Hermilo Borba Carvalho, o pescador Miguel Jerônimo de Carvalho Neto, o pintor Lindolfo Lins, o padeiro Rodolfo Accioly Lins, o marchante Neco, o cabeleireiro Luís Alves, o fotógrafo Lelé Correia, o alfaiate Raimundo Alves de Souza, o fabricante de sabão seu Franco, o aposentado Santos Lafaiete, o comerciante Cleômenes de Siqueira Granja, o boticário Genésio de Oliveira Cavalcanti, o padeiro Damásio, o guarda-livros Clóvis Portela de Carvalho, o halterofilista Luís Portela de Carvalho, o maquinista José Portela de Macedo Neto, o cirurgião-dentista Benigno Freire de Barros, o gringo da prestação Moisés Bogater, o ferreiro Miguel Agrelli, o livreiro Félix Ruy, o hoteleiro Doroteu, o clarinetista Possidônio, o motorista Zé Pezinho, o jogador Santos Barriquinha, o médico dr. Vitório, o advogado dos presos pobres dr. Rocha, o professor Pinho, o senhor de engenho Casimiro Monteiro, o carteiro Demerval, o agrônomo Ernestinho, o esporrento Totô, o vagabundo Mucurana, o fresco Doutô, o ancião Tomazinho Chachachá, o sofredor Zé Maria, o eletricista Amâncio, o violinista Moacir Lamour, o bicheiro Agenor, o galista Reinaldo Griz, o dono de bar Alfredo de Assis, o comerciário Tonho Bundinha, o funcionário Luís Veloso, o canarista Ruy Portela de Carvalho, o cachaceiro Sebastião Afonso, o seresteiro Camilo, o avarento Tio Zuza, o carregador Acari, o escriba Luís Lapa, de passagem, o caixeiro-viajante Alfredo de Oliveira, o jornalista Antônio Freire, o pé de ouro João Costa e o mata-mosquito Clarivel; e as respectivas consortes, quando era o caso, dos citados opositores e conspiradores; de fora, os homens da lei, o padre e o pastor protestante; e na ala militar o tenente no cargo de delegado de polícia, o Cabo Luís com o seu destacamento e tudo quanto era de capitão e major da Guarda-Nacional, encabeçados pelo Prefeito Coronel da Guarda Nacional Atanásio Passos de Albuquerque Coutinho.

Depois que a comissão visitou a cadeia, Zumba-sem--Dente foi posto incomunicável, uns diziam que pirraça militar, outros que medida de segurança dada a periculosidade do preso, mas o fato é que até a própria consorte do indigitado subversivo podia chorar lágrimas grossas como punhos que não conseguia botar sequer os olhos no seu focinho, arrastando-se de delegado para prefeito, de prefeito para cabo, de cabo pra baixo e de cabo pra cima, eu já botei vergonha na sola dos pés, e nientes, nunca mais os versos meus terás, como nos filmes de amor de Pina Miniquela, gastou duas solas de sapatos, seu homem não estava, seu homem não haveria. Como protesto, o primeiro a tomar uma atitude foi o boticário Genésio de Oliveira Cavalcanti que puxou o cabeleireiro Luís Alves, com tabuleiro de gamão e tudo, e foram jogar na calçada da cadeia, do lado da sombra, às quatro da tarde. O Cabo Luís consultou as altas autoridades e as altas autoridades quiseram saber o que os dois faziam afora jogar os dados e mover as pedras, mas o Cabo Luís foi honesto e disse que nada, nem sequer erguiam os olhos, o máximo era puta-que-o-pariu, que-merda, que--sujeito-cagado, fodeu-se, vai-tefudeixadisso, mas isto as autoridades consideraram expressões comuns a qualquer jogo, portanto era deixarem estar. Abriram, assim, um precedente que jamais supunham tomasse as proporções que tomou, afligindo-os a princípio, mas por intervenção da edilidade que se locupletava de tudo era também deixar estar. Primeiro, em turnos, chegaram aquelas pessoas já citadas, alugando uma orquestrinha de pau e corda, na retreta, passeando de braços dados, marido e mulher, em volta da cadeia, ouvindo as notas de *Aurora*, *Era o meu lindo jangadeiro, Único amor, Sou da fuzarca,* entrava a noite e saía a noite, chegava o dia, entrava a tarde, uma multidão, armando-se as barracas de gengibirra, capilé, gelo ralado com xarope de groselha, geladas, batintopes, manuês, entala-gato, broas, roscas, brotes, rolinhas fritas, tatu guisado, sarapatel, veado assado, anta e capivara moqueadas, tudo regado a cachaça de cabeça, cachaça de raízes e cachaça de cascas. Conhaque de Alcatrão São João da Barra, Genebra Fockin, Quinado Constantino para as putas que também desceram do Alto do Lenhador, formando-se às tantas um samba de matuto, Calabreu cantando solto Eu sou uma tianaboia/ Eu sou uma moça/ Eu sou um calunga de louça/ Eu sou uma joia.

    O Cabo Luís fazia a ronda com o seu destacamento, bigodes retorcidos e arrogantes, enquanto nas costas da alegria dez vingadores se reuniam para a conspiração, para a derrubada do desmando militar, civis e patriotas embora cantando qual cisne branco em noites de lua, os indigitados Miguel Jerônimo de Carvalho Neto (pescador), Raimundo Alves de Souza (alfaiate), Luís Portela de Carvalho (halterofilista), Félix Ruy (livreiro), Ruy Portela de Carvalho (canarista), Luís Lapa (escriba, de passagem), Alfredo de Oliveira (caixeiro-viajante), Antônio Freire (jornalista), Doroteu (hoteleiro) e Neco (marchante), todas as noites nos fundos da fábrica de sabão de seu Franco, à luz de velas, nos cochichos, nas providências de armas, afinal tudo acertado, do bestunto de um deles saindo a ideia de a Zumba-sem-Dente mandarem um bilhete com o plano da revolta, para descanso maior daquele que era o primeiro mártir, o injustiçado, o herói. E dito e feito, mas sem o poderem ver, trancafiado como estava no sistema incomunicável, arranjaram meios e expedientes de fazerem chegar às mãos do bate-sola todos os detalhes em papel de arroz, metido dentro do pão da manhã besuntado de manteiga, com a conivência do soldado raso Delsuíte, que para tal fim foi peitado e agraciado com uma moeda de dois mangos e mais uma garrafa de cachaça.

Quando Zumba-sem-Dente, no seu isolamento, deu a primeira mordida no pão francês, logo viu a ponta do papel, e pensando que lhe mandavam uma mortalha, o fumo noutro lugar, puxou o dito, para descobrir, no breado de manteiga, letras, triângulos, quadrados, hominhos com espingardas, não tinha que ver uma paisagem, mas tudo tão misterioso, não entendia patavina, muito menos o papel anexo número um somente com letras, ele sabia que aquilo era um bilhete. E daí começou a agonia de Zumba-sem-Dente, toda a vida analfabeto gabola, teimando que ninguém precisava saber ler para ser feliz como diziam os que sabiam ler, e nenhum deles era, apostava, mas ali estava, era demais, aproximava o bilhete dos olhos até tocar no cujo, como se assim aprendesse a decifrar de repente as garatujas, colocava-o num canto da cela, afastava-se, tomava distância, era pior, nem sequer distinguia as letras, amassava-o com raiva prestes a jogá-lo fora, alisava-o em seguida, apiedado, foi-se o dia, veio a noite, não dormiu, que diria o bilhete, que instruções, que esperanças, a impaciência no dia seguinte foi tanta que começou a cantar velhas modinhas do seu tempo de rapaz fagueiro na aurora da sua vida, esgotou o repertório e repetiu-o, Cabo Luís eita que você hoje está vendo passarinho verde mas o que ele via era tudo escuro, plantou bananeira no meio da cela, depois brincou de academia e de apanhar pedras imaginárias, dez num só raspão, no quarto dia passou a falar com dificuldade e a comer merda, engatinhando, no quinto, capaz de enlouquecer, chamou o Cabo Luís e pediu-lhe leia isto pelo amor de Deus e me diga o que é.

Cabo Luís leu tudo com a maior atenção, demorou na soletração, mas a luz veio, e dali saiu correndo, sem nada dizer a Zumba-sem-Dente que felizmente para ele de nada veio a tomar conhecimento, caindo no tatibitate, no útero para sempre. Presos os dez e deportados para a Capital, logo depois a tramoia toda transpirou, e transpirou também, graças ao papo do Cabo Luís no botequim de Guará, de lá se espalhando pela cidade toda, a traição de Zumba-sem-Dente: recebida a mensagem conspiratória logo, no maior dos agachamentos, denunciara os seus companheiros: cagaço do maior, afirmava o Cabo Luís na talagada, na gaitada, no deboche.

Aí acabou-se a festança: recolheram-se as barracas e as putas, sumiram-se as bebidas e as comidas, desapareceram os apaniguados, sorverteu-se tudo, à noite só se ouvindo o canto arrastado de uma voz velha: O capim da lagoa/ O sereno molhou/ Molhou bem molhado/ Molhado ficou. *A Notícia*, na sua edição domingueira, noticiou que Zumba-sem-Dente, tentando fugir da cadeia e entrando em luta com a sentinela, de quicé em punho, fora abatido a tiros, tivera de ser abatido a tiros, não pudera deixar de ser abatido a tiros, e depois a mulher o enrolou, esfaqueado, sem unhas, um braço partido e cinco costelas quebradas, num lençol de linho puro de mais de cinquenta anos, justamente o da noite do casamento, e o enterrou no cemitério do Alto do Lenhador; mesmo assim, ainda durante um ano e cinco meses, quem quisesse ouvir ouviria, partindo da cadeia. *O capim da Lagoa/ O sereno molhou/ Molhou bem molhado/ Molhado ficou*; até que Carrapateira, caridoso, produziu os seus trabalhos e o silêncio passou a reinar.

O PERFUMISTA

A Maria e Gilberto Botelho

A puta não putes e a ladrão não furtes ó dona Antonieta permita tu que eu abra a tua fenda com a minha caralhaz lanceta e dava volteios no ar e parado ficava na horizontal, ou na vertical de cabeça para baixo, depois saía voando perseguido por um carcará, a viúva Antonieta, inconsolável, batia com a cabeça na madeira, só faltava sair sangue, era só o que faltava, ali terminava. Arruma os bonecos numa maleta de couro e papelão, uns por cima, outros dos lados, saía na festa para jogar jaburu e fiché, quase sempre sortudo, o cavalo era o seu bicho de estimação e dava sempre tomava umas e outras, ficava alegre, riscado e triscado, terminava no Alto do Lenhador, rodeado de parceiros outros, ainda nas penúltimas, até que se espichava numa cama, na cama uma mulher, satisfazia-se nos arrepios do coito e do sono.

Era de nome Cheiroso, mestre de mamulengos e extratos, dividindo o dia para as vendas e as noites para os bamboleios, já servira a muitos amos e a muitas ocupações, desde cassaco de estrada de ferro a cambiteiro a cocheiro a vigia de casa-grande e sua capacidade para os extratos, a primeira ensinada pelo competente e nunca assaz louvado mestre de louvaminhas e caraminholas o excelso Doutor Babau Canela de Pau, a segunda pelo Rei dos Pós Unguentos Saponáceos Doutor Trairi do Papo Firme, eméritos conhecedores dos segredos de todas as festanças, feiras e novenas festivas bem cem léguas ao derredor da freguesia dos Palmares, ele, portanto, herdeiro das arruaças, negaças e trapaças, dos sistemas e das equações, dos sebentos cadernos e das confidências encachaçadas, por morte dos dois detendo, segundo sua própria afirmativa, o segredo das sete taças da boner, somente enumerando os resultados nas feiras para venda das suas especiarias, os resultados, vejam bem, nunca a gênese, e na primeira taça vertida o emérito fica vendo mais claro as bonanças e as benesses desta gloriosa vida, tudo claro e tudo branco, sem nenhum fatico de dissabor; e na segunda ao ente melhora as condições figadais, podendo, a partir daí, comer tudo o que se lhe antolhe, desde rato-do-mato a morcego-vampa sem perigo de virar lobisomem; e na terceira o paciente destempera a voz, que fica cristalina, capaz de encantar donzelas e donzéis até em noite de chuva de muito relâmpago e bastante trovão; e na quarta o cliente sente a fortaleza nas pernas e caminha até mais do que com bota de sete léguas, sobe monte e desce monte, vadeia rio e não se gruda na lama, chega aonde pretende e quer; e na quinta o cavalheiro aguça o sentido da visão e fica espiando mais do que um tal dum bicho chamado lince, vê de noite e vê nevoeiro, vê dormindo e vê acordado, vê até mesmo através das pessoas; e na sexta o patente pega dois sentidos, o do olfato e o do paladar, sente o cheiro até das madamas que estão do outro lado do oceano, só sente cheiro bom, e o gosto da comida fica tão apurado que ele não precisa nem comer, basta sentir o cheiro, a boca cheia d'água, ajuda com um pedacinho de pão e tá alimentado; e na sétima a pessoa revigora as berimbelas de baixo a tal ponto que é um tal de dez doze quinze, pode juntar as mulheres que quiser e ele vai dando vencimento tudo no comprazimento do maior sucesso.

As taças, segundo Cheiroso, estavam sendo preparadas, mas enquanto não, fossem usando os seus extratos das mais perfumosas flores dos campos tudo a preço de ocasião muito mais barato que qualquer vidrinho comprado na farmácia, vejam que cheirice, botou no lenço fica igual a buquê de pastora e no cangote a mulher atrai tudo o que é homem bem-intencionado. E finda a feira, toca as pernas para pegar a primeira festa e armar a tenda para os bonecos: Meus senhores e minhas senhoras primeiro que tudo e segundo que nada aqui está o basilisco chegado que mata só com a vista ou até mesmo só com o bafo que novidade é uma havereis de perguntar e eu vos respondo que nas minhas artimanhas de rastejador eu de nome Cheiroso Dorabela e Companhia Limitada dono dos mamulengos e das mamulengas o mais afamado e corriqueiro de todo este nordeste velho entubibado pela força da natureza não digo nem sim nem não antes pelo contrário e lá vai coisa e loisa e lá vai fumaça e cangirão e rataplão e marcha soldado cabeça de papelão e lá vai mel e lá vai méis e lá vai mais e quem dá dez dá vinte quem de vinte passa tanto faz e é no gilvaz e é na chincha e é da que incha agora vou apresentar a comedinha da minha autoria intitulada provisoriamente porque tudo neste mundo é provisório Uma Viúva Alucinada devida a um tal de Tiridá afamado pelos mangues do Recife mas na minha freguesia é vivida por Vida-Torta cuja função é entortar a vida dos outros como vereis e crereis é só esperar um minuto contado de relógio e pronto me abaixei e quando me levantar já sou Vida-Torta e começo minhas pancadarias e singularias neste mundo arrevesado de perna pra cima e bunda pro ar e salta a pegar e quem vai ao vento perde o assento e assino sem acrimônia vosso amigo atencioso e obrigado Cheiroso Dorabela e Companhia Limitada.

 Nas manhãs se enfurnava no quartinho dos fundos onde fazia suas misturas de rosas e flores outras, decantando o sumo em pequenos alambiques e provetas e almorifarizes, balancinhas, conta-gotas, fogão, espremedores, algodões e funis, no ar um perfume inindentificável, fumaça quase sempre sufocadora de até matar mosca e barata, os corantes dando o vermelho, os esverdeado, o arroxeado, o azulado, o amarelado às loções para barba e cabelo, caspa e seborreia, sabonetes e brilhantinas, colônias e extratos, freguesia certa ao derredor bem cem léguas, andando a pé, a cavalo, a jegue, a caminhão, a trole, na lama ou na poeira, na lua ou no sol, de dia ou de noite, a maleta com os bonecos e a maleta com os perfumes, em vilas e arruados, engenhos e povoados, onde houvesse um pé de gente ali ele estava na comerciação e na gozação, conhecido e conversado, comida quase sempre de graça, dormida pelo mesmo preço e amor em troca de um dos vidrinhos ou um dos potinhos ou uma das latinhas, tudo era cheiro e lá ia, lá chegava e lá saía, cantando fanhoso devido ao seu nariz torto de banda, a banda esquerda, cheiro o galho da roseira, cheiro a flor do bem-me-quer, cheiro o cangote da moça, o sovaco o peito do pé, cheiro as partes todas dela, quanto mais cheiro mais gosto, só não cheiro o malcheiroso, lugar em que eu me enrosco. Sentava-se nos terraços das casas-grandes, puxada sua sapiência pelos eméritos, desatava as histórias decoradas ou inventadas na hora, encontrei seu Felizardo na beirada do Una e quase reconheci o homem chega está aposentado apurei bem o caso e vai que ele me disse que estava correndo bicho lá pelas suas bandas tudo tenção de mulher mas que é que tem a amarelidão dele com o bicho correndo é coisa que não sei dizer só mardo minha teoria é que quando homem começa a amarelar sem ser doença e mulher a tomar dois banhos por dia um deles na quebrada da tarde mesmo com todo esse frio do mês de julho então meu caro e ilustríssimo doutor das leis o dito homem tá corno e a dita mulher com licença da palavra está no cio se ainda não foi vai e tenho dito ainda antontem quando comecei essa viagem mensal mandei um bilhete pra minha noiva querida Bernarda é impossível ver-te hoje Cheiroso Dorabela e Companhia Limitada assim ela fica sabendo que eu estou no trabalho pegado que está livre que se quiser aceitar correria de bicho pode aceitar só que vai se arrepender e ela sabe disto cipó de boi ficou foi para essas coisas mesmo e vós doutor de leis vais me desculpar que ainda tenho uma boa lapada de caminho quero ver se ainda hoje alcanço os pagos de Carrapicho estão me esperando para uma brincadeira é novena e vai correr dinheiro tenho de colocar meus perfumes e me divertir com os meninos que estão acochados no fundo dessa mala doidos pra vadiar com licença café eu tomo no meio do caminho vou aproveitar esse resto de luz São Jorge tá apertado dentro da lua nova que não ilumina nem coisa nenhuma eu vou ali e volto já.

Numa das suas andanças pela cidade escavando caixões de lixo com uma bengalinha de ponteira de aço, à procura de frascos para os seus perfumes, Cheiroso deparou-se com um dos mais estranhos, não tanto pela forma como pelo nome, lá via-se: uma espanhola dançando, braços para o ar e castanholas nas mãos, a grande marrafa, ancas puladas, e o nome preparado: Suspiro de Granada. Cheiroso apanhou o vidro, examinou-o, virando-o em todos os sentidos, levou-o para casa, intrigado, dando tratos à bola, ali podia estar o seu grande lançamento, já imaginava que essência entraria na composição, se de crista-de-galo se de coroa-de-frade ou se mais amena de gladíolo ou verbena, mandaria amostras do seu produto às pessoas gradas, podia até mesmo contratar o palhaço Jurema para fazer propaganda do produto montado no jegue, a dificuldade era resolver se seria uma colônia, um extrato, uma brilhantina, depois de muita lenga-lenga optou pela colônia, seria uma novidade, nunca jamais ninguém teria manipulado tais drogas para obtenção de efeitos espalhafatosos, a dosagem deveria ser cuidadosamente medida, ia pedir a seu Lagos da Farmácia dos Pobres para pesar as pequenas quantidades na sua balança de precisão, bolou tudo durante uma semana, finda a qual obteve a fórmula ideal: um pouco d'água, essência de cravo, TNT, glicerina, e pronto. Os rótulos para a sua Recordação da Granada, já que não podia usar o Suspiro, foram impressos sobre carimbo seu na Tipografia de Letácio, e mostravam uma mulher segurando na mão um objeto em forma de oiticoró, que ninguém sabia distinguir muito bem o que fosse, o braço em posição de arremesso, seria uma dança. Sua primeira dúzia foi enviada como propaganda para os notáveis, como seguem: prefeito, juiz de direito, padre, delegado, o médico mais antigo, o tabelião, o Cabo Luís, dois vidros para o colégio das freiras, um para o dono da Usina 13 de Maio e outro para o fiscal de rendas Gilberto Botelho. O menino que se encarregou da distribuição, da parte de Cheiroso Dorabela e Companhia Limitada, terminou sua tarefa às cinco horas da tarde de um sábado. Às oito, começaram as denotações, umas após outras, seguidas, apurou-se depois que na seguinte ordem, com intervalos de minutos de uma para outra, e nas circunstâncias assim relatadas: o prefeito, que se preparava para assistir a uma reunião filantrópica na Sociedade União Humanitária, puxou o lenço do bolsinho do paletó, na hora da saída lembrando-se do presente, e quando borrifou-o não se lembra de mais nada, só que ouviu o papoco e acordou bem meia hora depois com um zunido nos ouvidos que demorou cinco meses, além de ferimentos por todo o rosto; o juiz de direito, que se preparava para ir à casa da sua amásia teúda e manteúda, pretextando à legítima que iria a uma reunião na loja maçônica da qual era grau 33, fez uma conchinha com a mão esquerda, destampou o vidro e fez o gesto de encher a conchinha, ouviu o tiro, sentiu uma dor de ficar de vista escura, quando olhou para a mão esquerda a conchinha era uma cacimbinha; o promotor costumava, nu, depois do banho e antes de seguir para o Clube Literário, onde agitava corações femininos e dançava valsas na ponta dos pés, perfumar-se todo nos bagos, nas axilas, no rosto recém-barbeado, depois uma onda de colônia: usou a Recordação da Granada como quem toma um banho de chuveiro e o resultado foi que fez vários rombos nas coxas e domínios adjacentes, ficando roncolho a partir de então; o padre, coitado, não se machucou, mas recebendo na intimidade uma das suas ovelhas mais fiéis, a quem ele, realmente, na intimidade, chamava de Ovelhinha, presenteou-a com a Recordação e, como gozo particular, quis orvalhar o opulento colo da Ovelhinha com aquele delicioso perfume, na sua expressão, mas o que viu, horrorizado, após o borrifo, foi que o bico do peito direito de róseo tornou-se sangrento, Ovelhinha saindo a gritar pela rua para escândalo maior e gozo dos abelhudos; o delegado, na hora de sair da delegacia, perguntou ao Cabo Luís, que merda é essa aí em cima da mesa?, ao que informou o supradito Cabo Luís é um perfume que Cheiroso mandou de presente, eu também recebi um, eu não sou homem de perfume, bote isso fora, e bote o seu também que autoridade sob minhas ordens não usa esse cheiros que não é mulher-dama, ora merda, dito o quê Cabo Luís juntou os dois vidros e jogou-os pela janela, felizmente não ia passando ninguém, abriu um rombo no calçamento que cabia um carro dentro, epa, é revolução, e a partir dessa hora saiu em diligência atrás de Cheiroso, para prendê-lo e trazê-lo arrastado pelo meio da rua como manda o manual de caça aos subversivos; o médico e o tabelião foram vítimas de um só frasco, justamente na casa do tabelião, aonde fora o esculápio chamado às pressas para uma crise de hemorroida, antes de ver o furico do serventuário pediu álcool para lavar as mãos, álcool não havia, lembraram-se da colônia, foi borrifar e o estampido ecoar no mundo, o tabelião teve um prolapso de reto e o médico, perdendo o dedo mínimo da mão esquerda, pendurado por uma pelinha de nada, correu para destruir o seu vidro antes que um dos seus dezoitos filhos pegasse o bicho e provocasse uma desgraça maior, mas foi ao chegar perto de casa que ouviu o pipocar e viu a mulher sair nua para a rua, correndo e gritando o mundo vai se acabar, os dezoito filhos atrás para pegá-la e contê-la, ninguém conseguiu pegá-la e contê-la, que chegou à beira do rio, no rio se meteu, o rio atravessou a nado, embrenhou-se nas matas de Trombetas, só apareceu bem uma semana depois com um veadinho nos braços e para o resto da vida cantando pesadas trevas úmidas caíram; no colégio das freiras, àquela hora da noite, todas se aprestavam para as orações e o sono tranquilo quando a diretora, já um pouco aliviada das vestes severas, teve um minuto de vaidade e esse minuto perdeu-a, porque, sem prática de perfumes, agitando a colônia, um frasco em cada mão, nem bem chegou a dar três sacudidelas, querendo ver bolhinhas onde bolhinhas não existiam, subiu destelhando o quarto e foi cair na copa de uma mangueira, escanchada por milagre num galho que só teve a finalidade de descabaçá-la, história notável e digna de ser vista, mas vista não foi e sim relatada num folheto de Relampinho intitulado A Preciosa História da Monja que numa Sexta-Feira da Paixão Voou para a Mangueira e lá foi Posta em Holocausto Carnal; o usineiro passou apressado pelo escritório da usina para dar as últimas ordens e viu pela primeira vez o vidro de Recordação da Granada, agarrou-o, sumítico, mesanino, avarento, aproveitando tudo, que é isso aqui?, mandaram pro senhor, pois muito bem é meu, botou o vidro no bolso da bunda, empurrou a porta de vaivém, a porta de vaivém na volta pegou-o pelo traseiro e ele do tiro subiu direto a uma altura tal que entrou pelo bueiro e foi expedido em forma cinza; e só não aconteceu nada ao fiscal de rendas, o digno Botelho, que por ter sobrenome idêntico a um dos nomes de Fute, vê-se logo que é sabido, só usando produtos de importação, *made in England*, *made in Germany*, *made in France*, porque disse à sua mucama menina joga isto no lixo e só houve mesmo que do lixo explodido saíram correndo um *cocker spaniel*, um galo garnisé, um canário-do-império, duas latas de caviar Beluga que nunca tinham sido vistas naquelas paragens, um pacote de cigarros Lucky Strike e uma caixa de preventivos, tudo incólume por artes da inteligência, ganindo e cantando, servindo e gozando, nos longes. De Cheiroso nada mais se soube, a diligência do Cabo Luís resultou em vão, só deixou mesmo os bonecos que foram queimados no Pátio do Mercado e a fama de perfumista: amante das flores e dos odores.

A ROUPA

*[...] como alguém que vestindo uma roupa
não pode mais desabotoá-la [...]*

Francisco Brennand

A Reny e Moacir Amâncio

Era dia de ronda e ele antegozava o jogo, sempre os mesmo parceiros, na latada do quintal da casa, de vez em quando uma rodada de cana com passarinha, coisa de espevitar o gozo para o cigarro de fumo desfiado, babado e chupado, indo dum canto a outro da boca repuxada pelas emoções do carteado. Acordou ainda mais cedo no dia sempre novo quando se tratava de reunião, passou sua hora e tanto na comida aos passarinhos enfileirados em gaiolas no alpendre, enquanto a mulher o chamava para o café, já iam dar as seis, ela teria de ir à missa, olha que a comida esfria; o prato de sopa teria que estar fumegando, que uma sopa de sustança tomava nessas manhãs, na sopa nadando ossos e tutanos, miúdos de galinha, orelhas de porco, a sopa num prato num prato fundo especial de enorme mais parecia um mingau grosso.

Aposentado pela The Great Western of Brazil Railway Company Limited no cargo de chefe de estação de primeira classe, tendo servido praticamente em toda a linha sul do São Francisco, aparentava cores saudáveis e rija musculatura, lascando lenha três vezes por semana, no banho frio todos os dias, na sesta de depois do almoço, na fornicação dia sim dia não, dormindo cedo e acordando cedo, criterioso no comer e no beber, sem insopitadas raivas, no descanso dos pássaros no dia da quinta-feira, comércio fechado para o deforete, parceiros à espera logo às oito, para as duas sessões, a das oito às doze e a das três às sete, no intervalo um rico chambaril e a soneca na rede armada debaixo das mangueiras. Tudo se disse, tudo se sabe, vida limpa a do chefe de estação de primeira classe aposentado Rodrigo Sil do Nas, nome que adotara em cartório desde que se alfabetizara, nem negando nem afirmando que o Sil poderia ter sido Silva e o Nas Nascimento, sorria e fazia mistério.

Tomada a sopa, retirada a mesa, saída a mulher para a missa, eram quase as seis, foi ao banho frio, barbeou-se cuidadosamente a navalha passeando no esmeril, nas duas operações gastando bem quase hora, foi ao quarto onde estavam as coisas que deveria usar: o terno de linho branco agajota brilhando de goma estendido na cama, ao lado a camisa, justamente esta, cor-de-rosinha, as meias brancas enfiadas nos sapatos de duas cores marrom e branco, a gravata de tricô azul-marinho pendurada no espelho da cama, o chapéu Ramenzoni cor de vinho velho no cabide, tudo à mão, as abotoaduras douradas, os botões de osso do colarinho, o lenço com água-de--colônia, a carteira, o relógio, o maço de cigarros e a caixa de fósforos; brilhantina no cabelo meio especado, mais branco que preto, rebelde ao pente, operação de bem quinze minutos, já de ceroulas diante do espelho de corpo inteiro do guarda-roupa, estava suando, deu por finda a trabalheira e começou a vestir-se.

Ainda não eram sete e meia quando saiu de casa, teria tempo, dali à rua das Fronteiras não gastaria quinze minutos, todo no trinque, cheiroso, deu duas voltas em torno da Praça do Mauriti, ao fim da segunda querendo consultar o relógio, o seu pateque de velha estimação, metido no bolsinho da calça, deu trabalho levantar a aba esquerda do paletó, diabo de goma mais sem jeito que nunca vi tão dura, já então faltavam quinze minutos, sempre fazia hora, chegava justo o relógio em cima das oito, só era tirar o chapéu e o paletó, arregaçar as mangas, afrouxar a gravata, acender o cigarro, receber as cartas com um nopró na garganta na primeira emoção, dez minutos depois chegava o último parceiro entrando pelos fundos montado a cavalo, se apeie gritava o dono da casa, a roda estava completa, e a partir de então eram chistes, potocas, mugangas, cachaça, tira-gostos, racha-peitos e etecetra e tal.

Tudo ia se repetir, no antegozo se aproximando da roda, mas tudo entrou no revertere, primeiro quando chegou, puxou a cadeira e tencionou tirar o paletó para botá-lo nas costas da dita nada do paletó sair, os dedos não encontraram os botões, somente o risco das casas, diabo de coisa mais sem jeito resmungou, que é que há, perguntaram; nada, não foi nada, sentou-se assim mesmo enfarpelado, da gravata colada à camisa também não pôde desfazer o nó, ficou ali empertigado, duro e teso, sem querer fazer movimentos, recebendo cartas e fazendo suas paradas, de vez em quando olhando para os punhos, era difícil segurar as cartas sem olhar para os punhos, punhos não mais existiam, ele bem que via, punhos do paletó e punhos da camisa onde estavam?, só a divisa branca entre as mãos e o aonde deveriam começar os punhos, divisa branca do paletó e divisa mais embaixo cor-de-rosinha da camisa que se fora, onde diabo se metera, onde se engavetara? distraído, presta atenção ao jogo, perdia as paradas, os outros se riam, ainda não tomou nem duas e já está assim, imagina depois, vai mais uma? vai, e tome mais outra e, de uma vez só, uma atrás da outra, cinco lapadas, seis sete oito, aí já estava tudo girando mesmo, sentiu uma comichão na barriga, coçou-a desesperadamente como se coçasse através da roupa mas roupa mesmo não existia mais, levantou-se, deixou a roda, foi para o fundo do quintal, atrás das bananeiras, vou-me despir, não pôde, não eram somente botões e casas que faltavam, faltavam também as aberturas e saídas, estava tudo se fundindo na sua pele, via, era tudo como uma levíssima pele de ovo, procurou destacá-la, sentiu dor, tudo se desenhava já no seu corpo, a roupa colante, fundindo-se, mergulhando no corpo, com pouco mais era a própria pele, só que toda branca, os pés em duas cores, do gogó à cintura uma faixa azul-marinho sobre o cor-de-rosinha do que se via do peito e do pescoço, em torno da cintura uma listra preta: tudo o mais, se disse, era branco, isto tirando as mãos e o rosto que eram como antigamente mesmo; e aí vai ele, sentou-se numa pedra e começou a suar goma, ouvindo as vozes dos parceiros, sem se atrever a pedir uma roupa preta ao dono da casa.

O PEIXE

Aquilo tudo eram terras de Teodósio Guedes Farias de Azeredo, temido major do 44 Espada d'Água, não menos temido regimento de todos os amantes da de-cabeça naquelas circunvizinhanças de bem mais ou menos ou tanto mais quinze engenhos de porteira batida, os senhores nos mandos e desmandos, favores e desfavores, arranca--tocos e vais e véns dos soberanos quereres.

Plantados bem no meio das terras aqueles bem tratados viveiros despescados toda semana santa no maior dos gaudérios de bebes e bebes dos já referidos mandões, e era cada traíra, cada carito, cada camorim, cevados, gordos e opulentos, enchendo as campinas, o sol brilhando nas escamas, que os mencionados mandões se babavam de gozo e tomavam que tomavam na antecipação de outro gozo dos ditos fritos ou de moqueca ou de cozido, de escabeche, de coco, de ao forno, de ao moqueado, as piabinhas bem torradas com bem sal para maior consumo das cervejas geladas no pó de serra; e depois, pelos alpendres, flatos, arrotos, soluços, ressonares, rangidos de punhos de rede, pigarros e tosses secas.

Vai, que ainda estava bem longe da despesca, e Mucurana, nas suas andanças de engenho em engenho, aqui uma calça velha, ali um sapato furado, mais adiante coisa de de comer para o seu bornal, uma velha espingarda de cano de chapéu-de-sol, de chumbinho, própria para peito de rolinha bem aberto quase sem necessidade de pontaria, dormindo debaixo de mulungus a qualquer hora do dia ou da noite que lhe desse na veneta, fazendo o seu foguinho perto de qualquer olho-d'água, precisões nem se fala; vai, ia-se dizendo e se vai dizer, Mucurana, de passagem pelas terras do major do 44 Espada d'Água Teodósio Guedes Farias de Azeredo, embeiçou-se por um dos viveiros brilhando ao sol tal qual superfície prateada se Mucurana jamais tivesse visto uma superfície prateada, foi obra dum instante fazer vara com um galho firme de goiabeira, uma linha arranjada no cós das calças e um alfinete que, dobrado, em anzol se virou, uma minhoca logo apareceu no massapê cavado e já Mucurana, o velho cigarro apagado no canto da boca, de cócoras como devia ser, pescava na ribanceira do viveiro do major 44 Espada d'Água Teodósio Guedes Farias de Azeredo, e nem bem o anzol bateu n'água e já ia na mucica, vara envergando, com a maior precisão Mucurana dominando o peixaço, que peixaço era, um camorim dos roliços, ainda não muito enorme porque a ceva ia pelo meio, mas o bastante para uma fome de séculos, e lá vai, e lá foi, e com ele bateu no capim, o peixe tonto, e já Mucurana estava nas suas fuças, e nas fuças de Mucurana estava o prestigioso vigia de viveiros Belarmino-Fogo-Pagô, autor ele sozinho de quarenta e três mortes e meia, porque a meia, podia-se contar, já era a do propalado Mucurana, boca cheia de areia e capim, ouvindo o brado de se for homem se mexa, e quietinho ficou, estatelado, o peixe morrendo na mão e ele morto nas calças, ele e peixe foram arrastados à augusta presença do major do 44 Espada d'Água Teodósio Guedes Farias de Azeredo, refestelado numa preguiçosa na bem fresca de avencas e samambaias do seu sombreado terraço e o 44 Espada d'Água, ao tomar conhecimento da ocorrência, só fez rir, um riso do bem bom, do bem sossegado, dito tranquilo de não assustar ninguém, um riso assim mais de peito que de dentes, passe o homem pra cá, falou, Mucurana ajoelhado tal e qual nas devoções, passe o peixe cum arame nas guelras, falou mais, tudo cumprido, ele só fez curvar-se sobre Mucurana e colocar-lhe aquele colar, ficou bonito, o pescoço rodeado de arame, nos peitos o peixe que ia até o umbigo, falou mais o 44: Taí, meu filho, pra você passear nas ruas da cidade, ostentoso, exibindo esse peixinho até ele cair por ele mesmo, viu?

Já na noite desse dia, mesmo Mucurana se escondendo nas esquinas, muita gente o vira com o peixe pendurado no pescoço e por mais indagado que fosse nada dizia, só pode ser promessa, maldavam, Mucurana de boca fechada, só no segundo dia foi que se soube do castigo, até que Mucurana quis tirar o dito pelo menos para dormir, mas como dormia em qualquer vão de porta, banco de jardim ou escadaria, vigiado era, constantemente, por um dos mal-encarados do major do 44 Espada d'Água Teodósio Guedes Farias de Azeredo, que só fazia, de longe mesmo, fazer assim com o dedo como pêndulo de relógio para cima. E foi pois também no segundo dia que o camorim começou a mudar de cor: a princípio o prateado se acentuou somente, as escamas ficaram mais escuras, o vermelho de dentro das guelras tornou-se cor-de-rosa, o rabo se mostrou mais preto, isto quanto à cor, porque quanto ao odor já não era o de peixe mas de rato, o que intrigava sobremodo Mucurana, mais acostumado, aliás, a camundongos que a peixes; no terceiro ele já não podia negar que por onde passava as pessoas tapavam o nariz, ele mesmo de cara virada para a direita ou para a esquerda, nunca para a frente, um dos mal-encarados seguindo-o de lenço nas ventas, o dedo sempre pendulando, e a cor já se desbotava para o esverdeado assim como o do lodo, tal e qual mesmo; e no quarto as carnes começaram a desprender-se atraindo um enxame de moscas que pousado nos peitos de Mucurana às vezes lhe entrava pelas narinas e pelos ouvidos, ele com medo de afugentá-las para não causar mal ao peixe, e isto durou oito dias e oito noites, a cor do peixe passando para o verde-amarelado, quer-se dizer, o que restava do peixe, só a cabeça mesmo resistindo mais, o branco dos olhos se transformando em papa e escorrendo fetidamente.

Com bem dez dias o que se via pendurado nos peitos de Mucurana era o esqueleto do peixe, já sem enxame de moscas e já sem cheiro, ele até voltando às suas atividades de vasculhar lata de lixo, apanhar banana podre nas vendas de ponta de rua, tocos de cigarros na calçada do bar de Nenê Milhaço, o peixe balançando pra lá e pra cá, Mucurana de tanto sem-vergonha que se achava, rindo mesmo, nas suas talagadas de vintém e nos seus desaforos readquiridos. Às diversas comissões que às terras do major do 44 Espada d'Água Teodósio Guedes Farias de Azeredo foram com o propósito de interceder junto ao meritíssimo no sentido de aliviar Mucurana do restante do castigo, muito menos por ele mesmo Mucurana, conforme declararam, que pelas famílias da cidade, o 44 Espada d'Água só respondeu não e do não só se arredou para dizer às comissões que o entendessem como bem quisessem e entendessem quando as comissões lhe fizeram ver, mui respeitosamente, aliás, que aquilo já era uma desfeita às comissões, pelo que as comissões regressaram a penates e por um acordo sem palavras passaram a considerar Mucurana e o peixe como invisíveis.

Mucurana passou meses com o peixe pendurado no pescoço, até mesmo sem vigia à vista, já, tão acostumado estava, tanto que quando o peixe reencarnou à vista de todos no primeiro dia da semana santa, na beira do Una, lançando-se nas águas, deixando-o limpo, ele, Mucurana, fez uma cara triste de compaixão de dor, procedeu a uma quota, comprou outro camorim a Miguel Pescador, pendurou-o no pescoço, mas não era a mesma coisa, tanto que no terceiro dia jogou o peixe fora e foi pescar no viveiro do major do 44 Espada d'Água Teodósio Guedes Farias de Azeredo, só que nunca mais foi visto nem ouvido naquelas redondezas, só se em outras.

A TESTEMUNHA

A Wilma e Arthur Lima Cavalcanti

Dou fé, dizia, e pronto, o penhor da sua palavra e nada de pitibiribas, era só o escrivão após seu jamegão, ele o seu e o delegado o dele delegado para que o depoimento de Gumercindo-Ponta-de-Língua valesse como a mais importante peça do processo fosse ele de que crime fosse ou se tratasse: roubo de cavalo, defloramento de donzela, homicídio a bala ou a faca (mesmo de emboscada); ou de menores: afanação de galinha, surrupiamento de bugigangas nos tabuleiros do mercado, troco de cima do balcão.

Era só o cabo Luís se apresentar à rua da Ponte, bater continência no respeito à antiga patente de capitão da Guarda Nacional, esperar que assoasse o nariz numa toalha de mão, que lenço já não servia para os quilos de rapé que destilava, e lá se ia Ponta-de-Língua no cumprimento do dever, farejando de que lado a justiça queria pender a balança para não entrar em contradições irreparáveis porque graças a Deus só sirvo à lei e da lei não me afasto e tenha-se em mente que quando a lei põe o homem não dispõe.

E graças ao seu zelo vivia até de bem com os presentes de capões gordos, carneiros para as buchadas, o porquinho cevado e o peruzinho de escova mandados por todos a quem ele beneficiara com o seu depoimento impoluto e por aqueles que o tinham como testemunha permanente do que pudesse vir a acontecer.

Só não testemunhava a favor de gente pobre, por quem sentia uma mais completa ojeriza, metido no seu terno de brim branco agajota, seu chapéu do chile, suas botinas de elásticos sempre pretas engraxadas, seu colete do mesmo brim com a corrente do pateque atravessando a barriga dum lado para outro, as mãos bem tratadas no afago das suas roseiras ponerôs e das demais que cheio era o jardim, recitando para quem lá fosse Jasmim-do--Cabo e Ervais / Goivo Vermelho Romã / Silene Ervilha--de-Cheiro / Quindingue Malva-Maçã / Cinoglosun Minonete / Cravo-da-Índia e Tupã, completanto seu orçamento de antigo oficial de justiça com a venda de pétalas a Cheiroso, o perfumista da cidade.

Pois era de vê-lo numa audiência, bem plantado diante do delegado, o escrivão ao lado, pechisbeque mesmo, um tantinho estradeiro, afirmando com muita seriedade, no princípio do depoimento e no final, repetindo, eu não faço mal nenhunca, pois que a verdade, a santa verdade, resplandece, jamais deixará de transpirar e portanto que se a fale, pois do contrário seremos perseguidos pelas penas do remorso, a pior ave agoureira que o Padre Eterno empoleirou em nossa massa cinzenta; e falava bonito para todos, derramando-se em ademanes para o ilustríssimo promotor e um nadinha arrogante para o advogado da parte contrária quando a parte contrária era tão poderosa quanto o seu constituinte, e demasiadamente arrogante para o doutor Costa, advogado dos presos pobres, rábula afamado e doutorado nas sapiências dos livros e dos xadrezes, sem anel no dedo mas de bestunto ligado a todas as fórmulas jurídicas de autos e processos e diligências e interrogatórios e espancamentos solitários, muitas vezes chamando a atenção de Ponta-de-Língua para o perjúrio, deixando-o porém indiferente, já que Ponta-de--Língua sabia, tinha a certeza das artes do seu ofício de testemunha oficial, onipresente e onisciente, veja-se: o crime poderia ser cometido no distrito de Xexéu ou no de Preguiça, ou no de Bem-te-Vi ou no de Carrapicho e lá estivera Ponta-de-Língua, ao mesmo tempo em dois distritos na mesma hora de dois crimes diferentes, que tinha isso?, sua palavra era ouro de lei e o que ele dizia como sinete de magistrado no lacre derretido em cima de papel enrolado dos tempos dos cabrais e dos manuéis e dou fé.

E dando fé podia contar que o réu, aos vinte e oito dias do mês de julho do ano dos mil e novecentos da década que já se sabe, estava sentado com ele depoente no batente da casa sita à rua dos Macacos sem número e que ao avistar a vitima que para lá de dirigia num cavalo muito de bom de passo o réu sacou uma faca da bainha e dando garra de um abacaxi ao seu lado começou a descascá-lo, tudo isto com o evidente propósito de ter as mãos ocupadas, portanto desnecessárias para qualquer ação criminosa, além de desviar a vista e entregar os seus pensamentos a caminhos mais agradáveis, mas que no entanto a vítima se aproximou cada vez mais, o cavalo bufando nas ventas dos dois, dele depoente e dele réu, que continuaram imperturbáveis, que nesta altura a vítima, num português desconchavado provocado talvez pelas biritas que ingerira, começou a insultar o réu com palavras de baixo calão, chamando-o até de filho de uma mulher de corno, a tudo o réu respondendo com o mesmo silêncio, descascando o abacaxi vagarosamente, dando tempo para que a vítima se acalmasse e se retirasse e ao lhe ser perguntado se não interferira junto à vítima para que esta se contivesse respondeu que não ia se meter em brigas de terceiros e ao ser interrogado por que estava em casa do réu àquela hora informou que lá fora por uma questão de troca de canário tendo em vista a próxima bulha que teria lugar no Hotel de Doroteu, para a qual a autoridade estava convidada; e continuando afirmou que a vítima bateu nos quartos e disse alto e bom som que isto aqui é para qualquer filho da puta que queira se meter a basta comigo e que mesmo assim o réu continuou na descascadela e disse mais que a vítima aí investiu para os lados deles empinando o cavalo e que o réu nesta altura quando o cavalo pisou terra com as duas patas dianteiras só fez com a ponta da faquinha, por fazer alguma coisa, pinicar o tendão que vai do casco ao joelho e que aí o cavalo se empinou de novo sem que a vítima esperasse por tal coisa e que empinando e dando uma volta completa sobre ele mesmo fez com que a vítima escorregasse da sela abaixo indo cravar-se na faquinha do réu que acabara de descascar o abacaxizinho, a dita faca se cravando como por milagre bem no vão de onde saiu um guincho de sangue que molhou todo o terno branco dele depoente que mais do que depressa saiu em direção à sua casa para lavar-se e que tudo isto era verdade nada mais nada menos que a verdade e que mesmo que não houvesse acontecido este acidente o réu estaria em pelo coberto de razão e se caracterizava a legítima defesa já que jamais se viu sobre a face da Terra e sob a abóbada do céu um desinfeliz insultar um cristão a ponto de deixá--lo todo desconchavado; e inquirida a razão pela qual se escafedera declarou ele, depoente, que assim o fizera porque pegado de surpresa e tendo horror a sangue como tinha não pudera suportar a visão da vítima espetada no vão segurando o abacaxi que sem se saber como fora parar na mão direita que se fechara sobre a fruta e nela cravara tal garra de gavião, o destrambelhado.

 E que aos dias tantos do mês tanto do ano quanto Pedro da Várzea, num fuá, sentara num banco, que sua faquinha o incomodava e que ele, prestando atenção à dança, foi arrumando-a, enfiando-a ainda mais na bainha, sem olhar pra trás, e quando se viu, foi Tomás-das--Ancas cair estrebuchando diz que com a faca de Pedro da Várzea espetada lá no bucho lá dele e que ele depoente parou de dançar para ver o assucedido e que dava fé de tudo o que por lá se passara e que por mais-valia de sua palavra invocava o testemunho de todos os homens e da todas as mulheres que lá se encontravam no doce entretenimento da dançaria; e que Totonho do Brejo era sonâmbulo e que por acaso ele estava no terraço da casa-grande conversando com o estribeiro que tentara desfeitear Totonho do Brejo na antebespa da noite do dia que fala que quando o dito Totonho do Brejo sonâmbulo saiu de dentro da casa com os braços estendidos e que o estribeiro se apavorou e quis correr da frente, já que todo sonâmbulo só anda em frente levando nos peitos todo obstáculo que encontra, mas que não houve tempo, já que Totonho do Brejo na sua sonambulice já ia levando de arrastão o estribeiro que se desequilibrou do alto do terraço, altura de bem uns dois metros e meio, e foi tãe, como jaca madura, caindo no lajeado, espatifando a cabeça, miolo prum lado e lasca de osso pra outro.

E tantas e tantas eram as versões de Ponta-de-Língua que nunca repetia uma delas, todas tomadas pelo escrivão e postas no livro de assentos de ocorrências umas, no de depoimentos outras, tudo baseado para os autos competentes que levariam à condenação ou absolvição dos implicados, toda vez absolvição, já porque o depoimento de Ponta-de-Língua era peça definitiva no processo, já porque o réu defendido sempre pertencia à facção da hora, não havendo promotor que se atrevesse a uma acusação mais veemente, a uma apelação da sentença, a um esbravajamento qualquer.

E quando era rico contra rico, potência contra potência, Ponta-de-Língua informava-se logo de que lado soprava o vento, fazia sua autocensura e ia de vela enfunada na parte mais forte, embora ameaçado pelos correligionários da parte contrária, mas ele tinha a sua coragenzinha e não se deixava intimidar por arrotos-chocos, ditos de despautério, bate-boca de ponta de rua, capangas ao lado, sumamente arrogante, quem quiser que se atreva a me tocar com a ponta de um dedo no mais mínimo.

E quando os dois pertenciam à mesma facção política, que fazia Ponta-de-Língua? No mais imediatamente procurava o major Fenelon Guedes Porto Carreiro dos Andradas, chefe político do partido governista havia bem uns quarenta e danou-se anos, já que o partido da oposição, pequeno, escondido e envergonhado nem se quer teria a pretensão de contar com um depoimento de Ponta-de-Língua se fosse o caso, e com ele se aconselhava, nas ponderações: se não havia vítima, o depoimento de Ponta-de-Língua, suprassumo faceto, ele nas facécias, se dividia nas bem-aventuranças e os dois se compraziam, muitos deles se havendo reconciliado graças aos ardis do depoente; e se havia morte, Ponta-de-Língua fazia o panegírico do morto e o ditirambo do vivo, qual muçu, deixando que o meritíssimo doutor juiz de direito tirasse as conclusões cabíveis, a viúva quase sempre consolada e tudo terminando na santa paz do Onipotente.

Mas um dia lá chegou em que Ponta-de-Língua caiu em desgraça, conto. Deu-se o caso de que Veridiano da Penderaca matou com cinco tiros na cara a Hipólito de Primavera, ambos do mesmo partido legal, ambos fortes e mandões, com a agravante porém que Veridiano da Penderaca vivia dizendo para quem quisesse ouvir que mais cedo ou mais tarde, tendo em vista a idade do major Fenelom Guedes Porto Carreiro dos Andradas, teria de ser substituído por ele, Veridiano de Penderaca, já que a idade provecta lhe ia embotando o raciocínio; e foi Veridiano de Penderaca despachar Hipólito de Primavera e o Major ver a grande chancha que se lhe apresentava de afastar o concorrente, tudo porém devendo ser procedido na maior discrição do mundo, já que ostensivamente o Major se arreceava de bulir no ninho de marimbondos do partido por um lado e por outro no ninho de cobras da família de Veridiano de Penderaca, responsável pelo menos por cinquenta por cento das mortes naquelas léguas ao derredor.

E vai o Major, a portas fechadas com o meritíssimo doutor juiz de direito da comarca, preparou a cama de Veridiano de Penderaca que tão certo estava da absolvição, nem sequer recolhido à Intendência mas sob palavra detido no seu engenho, não devendo transpor limites, coisa a que ele não dava ouças, já que podia ser visto bebido e comido todos os domingos no café de Nenê Milhaço; e preparou a cama tendo como base o depoimento de Ponta-de-Língua que, chamado debaixo do maior segredo, teria de decorar a resposta a doze quesitos formulados pelo meritíssimo, ensinada a resposta de cada um, letra por letra e palavra por palavra, quesitos danados de astuciosos implicando sub-repticiamente Veridiano de Penderaca sem que ninguém pudesse tugir nem mugir, o promotor também no apalavreado e já com outra comarca para onde se mudar após o julgamento para escapar à sanha dos familiares do acusado que deveria pegar no mais mínimo a pena máxima, o promotor da Zona da Mata se passaria para o litoral mais afastado ao norte já que o litoral do sul não oferecia seguranças seguras.

E na decoração dos quesitos, só do conhecimento dos quatro, Ponta-de-Língua se esfobou dias e noites, não estava acostumado a depor baseado no que lhe mandassem dizer mas na invenção das suas histórias, quanto mais surpresa melhor, e o interrogatório do réu só poderia ser marcado para o dia em que ele Ponta-de-Língua dissesse que estava pronto e ele nunca que estava pronto, no maior dos martírios, toda noite, às escondidas, em casa do major, com o juiz e o promotor tomando-lhe a lição, pior que o Segundo Livro de Leitura de Felisberto de Carvalho, vai daqui corrige dali, até que enfim a decoreba se fez e se confirmou, tudo dito, marcada a audiência em horas e dia da semana do mês corrente.

E na manhã supracitada compareceu ao foro, a comitiva briosa e reluzente nas pratas e nos ouros, o senhor de Penderaca, e conceituado e enfatuado coronel Veridiano da Cruzes Vasconcelos de Almeida, o qual mandou uma embaixada ao meritíssimo senhor doutor juiz de direito da comarca indagando-lhe se não poderia ser seguido sem se apear, ao que o juiz, com todas as vênias possíveis e cabíveis e descabíveis lhe fez ver, de volta da embaixada, que isto não seria possível, não devido a desrespeito que desrespeito não havia, mas pela inconveniência do sol quente, da tinta que secava e afinal, apelava, devido a sua gota que estava num dos maus dias; ao que aquiesceu Veridiano de Penderaca, apeando-se e adentrando o foro, acompanhado de toda a comitiva já se vê, todos de armas brilhando e olhos faiscando, e foi entrando o senhor de Penderaca e foi avistando Ponta-de-Língua e foi lhe dizendo olha aqui língua de prata que lá no engenho tem às suas ordens um capão bem cevado e uma penosa para o Natal, batendo-lhe no ombro com toda a intimidade, sentando-se escarrapachado na melhor poltrona, a do juiz, que se ajeitou numa cadeira de palhinha no ângulo da mesa grande de reuniões, Ponta-de-Língua pigarreando e se preparando para o depoimento e repassando no bestunto todas as perguntas, direitinho, na ordem, primeira, segunda e terceira até a décima segunda, só que as decorou com a música de quem recita Carta de ABC, e na primeira já todo mundo olhou pra ele, não era aquela a sua oratória fulgurante, e ele continuou e na quarta ou na quinta Veridiano de Penderaca compreendeu logo que ali havia uma maroteira e em vez de se zangar deu uma gaitada e toda a comitiva caiu na gaitada também e foi a conta porque o juiz interrogou Ponta-de-Língua sobre o sétimo quesito e ele respondeu com a resposta do oitavo, então deu-se, Veridiano de Penderaca puxou o nagã e começou a atirar pra cima, a comitiva puxou as armas que eram parabelos, nagãs e *smithwessons*, um tiroteio danado e tudo na gaitada, o reboco caindo, juntando gente de longe quando saíram em disparada parecendo carreiro de cavalhada Ponta-de-Língua ia na garupa de um deles.

AUTO DE FÉ DO PAVÃO MISTERIOSO

*Segundo Jindoick Marco e Jaroslav Sálek,
o pavão tem um manto real,
um andar de ladrão e um canto demoníaco.*

Murilo Mendes

Em montes e vales, colinas, outeiros, chãs, cristas, chapadões, em bosques e capoeiras, riachos e alagados, várzeas, canaviais, no brejo, andara Evangelista, desde a amanhecência do Sábado de Aleluia, na caçada, ao largo de Fanal da Luz, Esperança, Trombetas, Bomiral, o cheiro, no vento, o cheiro da caça, levando-o mais direto para Alegria do Una, onde haveria de repousar de canseiras e suores, os bornais cheios: galinhas-d'água, nambus, marrecos. Atravessado nos ombros, pluma sentia, um veado-galheiro, mas ele, enfastiado, espingarda de cano para baixo, culatra embaixo do sovaco, sem mais cartuchos, só sede e no bucho aquela sensação de madrugada que sempre anunciava a sua fome, a barra do entardecer peneirando nuvens e cores, necessitava apressar-se, assim também já era demais também, roído de fome, oco no estômago, e caça tanta.

Quando entrou na vila não discerniu vivalma, as ruas abandonadas, as portas batidas, só o vento levantando poeirinha escalafobética nem de longe remoinho, onde estava o povo?, se indagava, ali pelo carnaval estivera e vira cores e cheiros, alguns desregramentos, gente muita, todo o mundo com todo o mundo, e agora não, deserto, foi andando assim mesmo, necessitava muito mais de uma cozinha, alguma haveria de ter com fogo brando para as aves, uma farofa de água fria, antes uma talagada, o veado seria esquartejado, dividido, pagamento da hospitalidade, as aves também, sua fome já estaria matada, no mais uma ficaria assadinha para o café da alvorecência, com calcanhares na bunda, semissiconfláutico, chegaria ao toque do meio-dia, ficaria zanzando e contaria a caçada, comigo é na chincha, não conto gogo não senhor, não gosto de lambanças, muito menos de arroto azedo, fui atirando e os galhos se enredando nos galhos, aqui não chegaria sem fedentina, deixei, beneficiei velhos e crianças, a fome é igual mesmo que as pessoas sejam desiguais, assim falarei, foi quando ouviu um zum-zum que não era de ventania, mas gente mesmo, ruído outro não existia, só que não era barulho de dentro de casa mas de meio de rua, quando desembocou lá estava a multidão, tinha que ser no pátio da igreja, só podia ser festa, festa era, foi arriando o galheiro e as penas na calçada, não se prestava muita atenção a ele, estavam todos de olhos pregados nas janelas de um sobrado do outro lado da praça, cutucou um companheiro, fale, meu irmão, sem desviar os olhos, como quem não quer perder nada de extraordinário que deveria surgir daquelas bandas, fale, repetiu, que é isso? pergunto, ah, não sabe, não sou daqui, então se prepare, se prepare para quê?, já lhe digo: Mora aqui nesta cidade um conde muito valente, mais soberbo do que Nero, pai duma filha somente, é a moça mais bonita que há no tempo presente; é a moça que eu falo, filha do tal potentado, o pai tem ela escondida em um quarto do sobrado, chama-se Creuza e criou-se sem nunca ter passeado; de ano em ano esta moça bota a cabeça de fora para o povo adorá-la no espaço de uma hora, para ser vista outra vez tem um ano de demora.

E nem bem o pacífico acabara sua fala informativa, o sino batia as cinco, bem batidas, a janela principal do sobrado, a do meio, se escancarava, uma mocinha estendeu no peitoril uma colcha de chamalote raiada de todas as cores, afastou-se, ficou o vazio, Evangelista na ponta dos pés fitava o vazio que de súbito estava pleno com a Beleza Maior, a Mais Argêntea, a Mais Lunar, a Mais Primaveril, a Mais Louçã. Ninguém não falava, não se respirava, não se bulia, era a Aparição, só ela. E quando o sino bateu as batidas das seis, Ave, Ave! gritaram, Até para o ano, Formosa Donzela, Flor do Céu, Açucena Angelical. E a janela fechou-se. Evangelista, fulminado, sentou-se junto à caça, foi arrodeado, senhor forasteiro, tudo era alegria, estavam providos para um ano, ele não, queria mais, com os seus modos francos perguntou e se eu fosse bater no sobrado? e lhe responderam: sairia baleado, e ele retrucou a vida não vale nada, e lhe responderam por cima, na mesma hora, para o Conde nada vale, para que quer então a filha? isto ninguém não sabia, mas também jamais houvera interesse de saber, era todo ano, já fazia três, haveria muitos pela frente, era a Festa, todos estavam alegres e risonhos e falazes, era só aguardar o Sábado de Aleluia.

O resto Evangelista não sabia bem como contar: bebeu, comeu do seu e comeu do dos outros, dormiu, acordou, vezes sem conta, dormindo ou acordado Creuza, emoldurada na janela, como seria ao de natural, assim junto, respirando, falando, meu Deus, tocada, coisa sua? Seria sua por modos de cidadão ou por artimanhas do faz que é mas não é, e o que, propriamente, não atinava, na quebrada da barra do dia já estava no rumo, maneiro de carregamento por fora mas de chumbo por dentro. E foi e varou campinas, grutas, cascatas, carrascais, desfiladeiros, ribanceiras, barrancos, olhos-d'água, no rumo, no afastamento porém, mas no sentido da volta, haveria sim, Lindolfo pintor tudo sabia, tudo resolvia, ninguém como ele para consertar uma torneira, uma biqueira, uma parede rachada, cortar um cabelo, fazer uma barba, pintar um quadro, brochar uma parede, tocar flauta, até mesmo rabeca, mudar a palhinha das cadeiras, ajustar dobradiças, abrir cadeados renitentes, dar conselhos, pensar na sua arte como se deveria obrar o faz de conta.

Lindolfo, comumente, para não perder as dádivas preciosas da vida, como ele mesmo dizia numa valsinha da sua autoria que cantava se acompanhando ao bandolim, só dormia uma vez por mês. Deitava-se às seis da manhã de um dia e só acordava no outro às mesmas horas, o coração sem bater, a boca sem respirar, tudo parado, ausente, no limbo, de onde voltava com histórias de cães e gatos, serpentes e andorinhas, gaviões e piranhas. Foi como Evangelista o encontrou, na chegada do sol a pino do meio-dia, ficando na véspera e na vigília, sentado na calçada do mestre, sem dali arredar pé, o sol esquentando, esfriando, se pondo, chegando a cruviana, nada, firme, lhe trouxeram por caridade uma caneca de café, só podia ser de muita precisão o que resolver com o mestre, ninguém jamais se arriscaria a acordá-lo antes do tempo, seria mau, tentaram convencer Evangelista, o senhor vá pra casa, volta amanhã bem cedinho antes das seis e fala com ele na batida do relógio, não adianta passar a noite que ele não acorda, mas Evangelista nada, daqui não arredo pé, tem nada não, espero, fico de tocaia, pode ser que um dia ele se acorde antes da hora, quero ganhar tempo. E todo mundo se foi e ele ficou, Pirangi batendo as horas no sino do mercado, a hora dos mortos passou, veio a uma, vieram as duas, Evangelista acha que pegou num rabo de sono, quando abriu os olhos o que primeiro viu foi ouvir uma valsinha chorosa de bandolim, a sala do mestre Lindolfo iluminada com uma boa luz de candeeiro de gás azul com florzinhas cor-de-rosa, viu depois a sombra, as guias do bigode, a velocidade da mão direita na trenedeira, se levantou e entrou, mestre Lindolfo nem diminui nem nada o toque, acordei pra lhe atender, meu nego, vá dizendo o que quer que eu preciso voltar pro berço, ali mesmo na mesma hora Evangelista despachou o seu conto com todos os erres e efes e rogou-lhe a preparação de uma estrovenga qualquer que ele não sabia qual fosse mas que o possibilitasse de entrar no sobrado e falar com a Amantíssima pagando o que o mestre pedisse, dinheiro não faltava, ainda sem interromper a tocata, tenho uma ideia muito boa mas preciso de seis meses, nem mais nem menos, é obra desconhecida a que agora vou inventar. Evangelista, quer dinheiro adiantado?, ao som da palavra mestre Lindolfo encerrou seu concerto e tudo recusou com um gesto de dedo indicador erguido e curvo, quase papal, soprou a chama, Evangelista pelas ruas pensando que não ia conseguir dormir, mas dormiu como um justo e não sonhou com nada não.

Não dormiu foi nos seis meses de espera, de começo indo diariamente à casa de mestre Lindolfo até que este o enxotou irado, só volta aqui no dia marcado, já lhe disse, se aparecer antes dou o dito por não dito, foi o quanto bastou, Evangelista emagrecendo de dar na vista, perdendo as cores, a robustez, apanhou uma bronquite, o que o salvou foi um cartaz que viu num bonde, no Recife, quando ali foi para espairecer, veja ilustre passageiro o belo tipo fagueiro que o senhor tem ao seu lado e no entanto acredite quase morreu de bronquite salvou-o o rum creosotado. Mas não se salvou, por mais água de flor de laranjeira que tomasse, dos olhos secos pelas noites afora, pelas noites e pelos dias, até chegar o radioso amanhecer do aprazado, mestre Lindolfo levando-o, em cacunda de burros e de maleta na mão, para os lados das matas de Chareta, no mais denso mistério, só lhe tendo dito minha obra está perfeita, ficou com bonita vista, o senhor tem que saber, mestre Lindolfo é artista. E lá chegando, antes de abrir a maleta, acrescentou: eu fiz uma estrovenga em forma de um pavão, que arma e se desarma comprimindo num botão e carrega dez arrobas três léguas acima do chão. Abriu a maleta, o mestre Lindolfo, comprimiu num botão e a ave cresceu, as cores esparramadas na luz da manhã, suspensa, boiando, flutuando, maneira como um balão, os dois já encarapitados no meeiro das asas abertas, subindo, subindo acima da mata, voando, tudo vendo lá embaixo, tudo o que havia de ver em bichos e plantas, na maior solidão. Pousaram no bem macio, tudo voltou de través, pavão dentro da maleta, mestre Lindolfo já na sela, Evangelista: quero cumprir o resto do trato, quanto lhe devo?, cem contos está bem? Dou-lhe duzentos, mestre Lindolfo então puxou do bolso uma serra azougada para serrar caibros e ripas sem fazer a menor zuada e um lenço enigmático que passado no nariz de qualquer suplicante este imediatamente desmaiava pelo espaço de dez minutos.

Evangelista só esperou mesmo pela meia-noite, saiu fora da cidade com a maleta, fez tudo como tinha visto, o pavão de asas abertas silenciosamente atravessando nuvens voou, bem no sobrado do Conde na cumeeira aterrou, o mancebo operou com ligeireza serrando ripas e caibros, por uma corda desceu, chegou ao quarto de Creuza, onde dormia a donzela debaixo dum cortinado feito de seda amarela e ele para acordá-la pôs a mão na testa dela. Vai que Creuza abriu os olhos, acordando, viu o jovem, gritou de garganta rasgada, venha, meu pai, aqui tem um estranho, me acuda meu pai, ai que me perco, ai que susto, ai que ai, Evangelista mais que depressa só quero me casar, convosco, mais gritos, Evangelista ainda mais que ainda depressa passou-lhe no nariz o lenço enigmático, foi o quanto bastou, Creuza caiu lentamente nos coxins, ele a toda refazendo o caminho, subiu pela corda, recolheu a corda, consertou os caibros e as ripas, montou no pavão, de novo varando nuvens até as cercanias da cidade, de maleta na mão atravessou a madrugada e foi dormir, sem dormir, já se realizara o diálogo do pai com a filha depois que ela tornou. Creuza lhe disse papai eu vi neste eu vi neste momento um jovem rico elegante me falando a casamento não vi quando ele encantou-se porque deu-me um passamento. Disse o Conde nesse caso tu já estás a sonhar moça de dezoito anos já pensando em se casar se aparecer casamento eu saberei desmanchar.

    Da segunda vez houve umas diferenças: a hora não foi a da meia-noite mas a das duas da matina, Creuza acordou sem escândalo, ouviu a proposta de Evangelista, de curiosa somente, asseverara, queria saber como ele conseguia transpor aqueles umbrais, mas aí, sem ele dizer, o fim foi o mesmo: Venha meu pai, aqui está o estranho, me acuda meu pai, ai que me perco, ai que susto, ai que ai, mas aí, nessa passagem, ele lhe passou o mesmíssimo lenço enigmático pelo delicado nariz, ela caiu sem sentido, ele subiu pela corda por onde tinha descido, ao chegar em cima disse o conde será vencido. Outra vez o pavão abriu as asas, fendeu os ares, na fresca da madrugada, viagenzinha rápida, logo mais maleta, diálogo: Minha filha eu já pensei num plano muito sagaz passa esta banha amarela na cabeça desse audaz só assim descobriremos este anjo ou satanás. Mas durante sessenta dias Evangelista não deu sinal de si, deixou que tudo fosse caindo no olvido, as coisas desaparecendo do bestunto de todos, se desfazendo, até que numa noite de lua e nevoeiro muito propícia para tais atos montou em seu pavão e lá se foi, com pouco mais aos pés da cama de Creuza esperando que ela acordasse e ela acordou, foi logo dizendo: Assim tu tens dito que me amas com um bem-querer sem fim se me amas com respeito te sentas perto de mim, e ele sentou, mais que perfeito, com pouco mão na mão, risos espoucando, um formigamento, lagartixa na parede, aranha tecendo, pousada de borboleta, vai Creuza cada vez mais confiante e, de mão untada, passa-a nos cabelos de Evangelista, não contente apavorando-se, arregalando os olhos, crispada, ele viu, vai gritar, não sei por que mas vai gritar, mais que mais o enigmático lenço nas delicadas fuças, já no pavão, não mais tão depressa, os miolos fervendo de tanto pensar, certo de que Creuza estava cedendo aos poucos, ainda muito medrosa, mas estava, então não deveria afastar-se tanto, ali mesmo se hospedaria, pra que viagem tão longa? Foi esconder seu pavão nas folhas duma palmeira disse na outra viagem levo a Creuza tão faceira, enquanto a Creuza tão faceira relatava ao seu irado pai que o marcara com a banha amarela, ao que o irado pai, chamando a sua gente, disse que a vila patrulhassem tomassem os chapéus dos homens que nas ruas encontrassem um de cabelo amarelo ou rico ou pobre pegassem. E assim foi dito e assim foi feito e assim aconteceu lá para as dez horas do dia quando Evangelista foi peitado pela patrulha aparecendo o seu cabelo de mecha amarela que ele nem não sabia, o capataz lhe dizendo que ao Conde teriam de ir e ele lá dizer por que artes do Fute conseguia entrar no sobrado e afrontar a donzela, respondendo Evangelista também me façam um favor enquanto eu vou vestir minha roupa superior na classe de gente rica ninguém pisa em meu valor, os patrulheiros aquiescendo de armas engatilhadas, e saiu Evangelista conversando com um guarda até que se aproximou duma palmeira copada, então lhe falando assim: minha roupa está trepada. E pois não, e pois trepe, e pois troque de muda, e Evangelista subiu, pôs o dedo no botão e seu pavão colorido cresceu na imensidão, dali foi se levantando e do olho da palmeira saiu voando o pavão. E os da patrulha caíram estatelados de espanto tudo de olho fixo nos azuis da ave, aquele moço é o Cão, quando tomaram alento e as pernas já não mais tremiam de tudo foram dar contas ao Conde, Creuza também de tudo sabendo, arrependida, chorosa e etc. e tal, o Conde babando de raiva, subindo e descendo escadas, gritando eu não sou capão de quenga que choca, cria pinto e passa galo, e deu-lhe uma daquelas enxaquecas iguais às de cobra que morre mordendo o rabo, arriou, ficou imprestável, a casa silenciosa, só se ouviam os passos dos cabras na patrulha por via do Avoante voltar.

Às quatro da madrugada Evangelista desceu, Creuza estava acordada, ela quis ajoelhar-se em sinal de perdão mas ele não consentiu nem nada, já sei que foi o teu pai que cometeu a traição toda moça é inocente tem seu papel virginal cerimônia de donzela é coisa mui natural. Após trocarem juras mais que perfeitas de fidelidade antes de mais nada, e ao depois de amor eterno, e já começarem a se entreter nos brinquedos antecipadores, esquecidos do mundo velho, vai que entra o Conde e dando um berro vibrante, dizendo filha maldita, vais morrer com teu amante, puxa uma lambedeira, sem mais tamanho e investe, ao que Evangelista passa-lhe o enigmático nas fuças e só foi o Conde amunhecar e eles subirem numa corda até que saíram fora, se aproximava a alvorada pela cortina da aurora, no pavão se aboletaram e alçaram voo, os três sim senhor, no céu estrelado, à direita uma pouca de lua e no horizonte em frente a claridade do sol que ia nascer, tudo no mais aéreo angelical; enquanto isto, o Conde acordava do desmaio proposital e passageiro, logo olha para a corda o buraco no telhado e como fora vencido pelo rapaz atilado adoeceu só de raiva morreu por não ser vingado.

O pavão deixou-os no Pátio do Mercado, na hora indecisa da noite pro dia, de gente mesmo Pirangi o vigia e os madrugadores de sempre, carregadores, aguadeiros, pãozeiros, que depois de tudo deram testemunho. Viram quando o casal, de mãos dadas, se encaminhava para debaixo de um fícus-benjamim e mal lá chegava ouviu-se um espouco muito mais parecido com o de uma grande flor se abrindo de repente do que com um estrondo propriamente dito; e viu-se o pavão elevar-se acima do solo, primeiro rodopiando, o rabo se abrindo com todas as cores que brilhavam no lusco-fusco, o grande bico também se abrindo como se quisesse beber todo o orvalho, as asas indo de metros a metros, depois o pavão ficou imóvel e aí começou o espetáculo de pirotecnia mais bonito de que tenham notícia ou vista os espectadores da madrugada: do ofistingue do pavão saíram, com pequenas lâmpadas coloridas ao redor do corpo como fachada de igreja em noite de festa, um Capitão de Fandango com sua espada flamejante em seus passos de dança, um Capitão de Bumba Meu Boi montado em seu cavalo-marinho, os ouros brilhando de ofuscar, o Cabo 70 com um deus me perdoe todo em pedrarias, um Bedegueba com o cipó-pau retorcido escamado de vidrilhos e espelhos, um Rei de Reisado com um manto onde anjos pintados vomitavam uma chuva amarela de ouro ou de flores ninguém pôde saber, uma Rainha de Maracatu com uma enorme coroa e um cetro vermelhos e todos compreenderam que eram de rubi sem nunca terem visto rubi, um Guerreiro de tacape, arco e flecha com todas as cores do arco-íris em relevo; dos olhos do pavão misterioso saíram os Doze Pares de França, seis de cada lado, os veludos variegados, as lanças resplandecentes, montados em cavalos ricamente ajaezados; e do bico, finalmente, saiu o impávido, barbudo e senhorial nada mais nada menos que o próprio Imperador Carlos Magno, orgulho da cristandade, batalhador da fé, Garanhão-Mor. Todos se juntaram acima do pavão que voltou a rodopiar e, num corrupio, foram subindo, lentamente, aos poucos se confundindo com a luz do dia, desaparecendo na claridade, agora já era o sol, os primeiros raios do sol, e as cinco badaladas das cinco horas. Os espectadores da madrugada voltaram às suas ocupações, Evangelista e Creuza apertaram-se mais as mãos, caminharam pelos becos frescos e calmos para a rua Bela, em casa entraram, na cama se deitaram, e durante três dias e três noites se entregaram à doce ocupação do beringote beringote.

O REI DE COPAS

A nuvem da fumaça dos cigarros era de cortar de faca e ninguém falava em volta da mesa redonda outra coisa que não: Jogo, não, dobro, seus cinco mais cinco, vejo, trinca, de quê?, damas, ases; o suplicante penaroso vendo as fichas sumir no sonzinho atentatório, o suplicado coçando os culodinos, emitindo gases por cima ou por baixo, espichando-se qual gato, risinho vilão próprio de ganhador. Ninguém erguia os olhos e as cartas voavam para as mãos dos cinco, dedos hábeis manejadores no choro das pontas de cima ou no esfrega dos cantos dos lados, menos um que abria as cartas como um leque, irritante, fora das regras, mas ganhador, na vantagem de não deixar verem pregas do rosto se dobrando ou ventas se acendendo ou comissuras labiais se comprimindo, nem sequer lampejos visuais ou testa vincada, tanto podia ser como não, nenhuma distinguição, cara a mesma de sempre.

Os cinco em volta da mesa, despanaviados profissionais de longos cursos, reuniam-se uma vez por mês nos fundos do café de Nenê Milhaço; o resto dos dias, espalhados, visitavam povoados, vilas e distritos trinta léguas ao derredor, afeiçoando-se a juízes de paz, promotores, advogados, médios e regulares, farmacêuticos e dentistas, para rodinhas de pôquer, muito bem de educados, no fingimento, conhecidos nas respectivas comarcas como sortudos, já que cada um apresentava com profissão atestada, jamais supostos proprietários do baralho, equilibrando sabiamente as paradas, contentando com lucro mais modesto e seguro pecúlio garantido, certo, arrimo de família se família tivessem.

Santos Barriquinha, a barriga um lagamar, andar de marinheiro, desembarcado no desequilíbrio da dita em relação às pernas, coonestava a sua mestria ladrona com a profissão de feireiro, comprando arroz, feijão e milho, solicitado pelos lavradores por ter dinheiro na boca do cofre, isto é, no pé do cipa, as notas estalando, sempre novinhas, nunca pechinchando, alegre no farrear, corpanzil capaz de atravessar o açude num mergulho, chega no outro lado bota o braço de fora para dizer cheguei, e volta, tudo no mesmo fôlego, muito amigo sim senhor, mas só joga a dinheiro, até mesmo gamão, nada de cuspe de sapo ou leite de ganso como quiserem ou vice-versa, baralho novo na mão, depois de três rodadas é mesmo que nada, já está marcado, as unhas já fizeram ranhuras nas linhas do verso das cartas por entre os meandros, os labirintos, os corredores, os vãos, os desenhos certos lhe facilitando a marcação, tibes voutes, nunca vi homem pra ir na hora certa e deixar de ir na hora exata, só quem adivinha, só quem vê atrás das cartas, ditos de camaradagem e amizade, ainda se regalavam de perder para ele, só borrifos de espuma de cerveja quente na boca, Barriquinha se inclinava para trás na cadeira, tudo se desconjuntava, batia na barriga e arrotava satisfeito da vida no seu bem-bom.

Ligarião Azucrinado este se fazia de comprador de boi e de boi entendia assim como de cavalo, de jegue e de cabra, nas fronteiras entre Zona da Mata e o Agreste, capaz de passar uma noite acocorado em torno de uma fogueira na contagem de casos e pabulagens, tudo para coonestar sua função de carteador. Perito nas artimanhas de olho e na ligeireza da mão precisava ver dando e cortando como saía o jogo que queria, não fazia isto toda vez pra não chamar atenção, no mais era aquela manipulação toda com as mesmas mãos que lançavam touro e puxavam as rédeas transformadas numa delicadeza de fada, exemplificando: preparava a entrada de um ás de ouros, colava a carta e começava o choro, apontava a pontinha do triângulo vermelho do A, ia até o travessão podia ser o de copas, que nada, na puxada decisiva lá brilhava a estrela, às vezes chegava a desejar engano para ter do que se queixar, mas não, era tiro e queda.

Apudi Mansinho se dedicava de espantalho à medição e avaliação de terras, consultado até por provectos juízes, mas até por juízes diga-se a bem da verdade, por ali afora naquele mundão, ao sol e à chuva com um teodolito como chama, chama digo bem porque o instrumento não funcionava nem nada desde que o desencavara do socavão do agrimensor Marcomiro de Catende, ia tudo no olho mesmo, e quem quisesse que medisse no legal, podia errar por uma questão de centímetro, talvez até milímetro, como seu olho não havia igual e não era somente para terras não, era pra tudo: na escuridão de breu podia distinguir os bichos, no nevoeiro os buracos, com ele não adiantava brincadeira de cabra-cega porque os de lince atravessavam a venda, achava até que via as almas porque às vezes distinguia, saindo do corpo do vivente com quem estava conversando, uma espécie de fumaça que queria e não queria tomar forma, podia ser embaciado da vista, esfregava o canto dos olhos e a coisa continuava sendo--não sendo-sendo, um dia Pepeu de Agenor, entendida de coisas do além, lhe contou e confirmou que aquilo que se chamava ectoplasma e Apudi Mansinho nunca mais se esqueceu do nome porque era bonito e difícil. Pois no joguinho do pôquer ele via à altura dos olhos do parceiro as mesmas cartas viradas para ele, em duplicata, só que meio foscas e às avessas como num espelho, apostava na certa, de tapeação chegava mesmo a ver um joguinho superior ao seu, todo gaboso.

Zuzu-Gogó-de-Ema se dedicava oficialmente à exibição de filmes, aparecendo nos povoados em dias de festas de igreja, aboletando-se em casa de um conhecido, geralmente pessoa importante no comércio, na lavoura, nas leis que garantiam o jogo diário, com as latas e o projetor debaixo do braço, promovendo sessões para as crianças com as comedinhas de Chico Boia, para as senhoras um filme de amor cópia sépia apresentando damas peitudas e galantes bigodudos, cocheiros de fiacres, um vilão de bigode de meio metro, de tão gasto as estrias impedindo que se vissem bem as cenas da criança roubada, do prisioneiro injustiçado, do reconhecimento, tudo acompanhado por um realejo de boca de onde saíam valsas, maxixes, polca, foxes conforme o assunto da hora, mas tudo aos pedaços porque a fita quebrava de instante em instante e Zuzu-Gogó-de-Ema não tinha três mãos. Para os homens, em sessões escondidas no fundo dos barracões ou nos armazéns de açúcar, filmes de sacanagem, tudo na maior velocidade com música apropriada, os filmes de sacanagem nunca quebravam, havia pelo menos este consolo para os próceres que tudo acompanhavam de pernas cruzadas para esconder o caculo, no fim da noite acordavam suas digníssimas e com elas se entregavam ao provecto papai e mamãe enquanto em imaginação se esbaldavam nas outras safadezas tidas e havidas como próprias somente para putas. Finda a temporada dos filmes, que eram os mesmos em todas as festas, formava-se a rodinha de pôquer, Zuzu-Gogó-de--Ema na especialidade de ledor de fisionomias por mais impenetráveis que fossem, muitas vezes chamado por delegados de polícia para dizer pela cara se este filho da puta roubou o cavalo, roubou sim senhor, não roubou não senhor, ou nos casos mais graves, diga se o depoente praticou o crime de que é acusado na falta de testemunha de vista, é culpado sim senhor estou vendo nos olhos dele, e constava dos autos, segundo asseverou o cinegrafista Zuzu-Gogó-de-Ema, e aí o advogado, no dia do júri, tinha de lançar mão de outras chicanas, jamais lhe passando pela cabeça desdizer o dito assertivo do especialista. Na roda do pôquer sabia tudo pela cara, se colou se não colou, observando uma imperceptível mexida de orelha, uma frisagem dos lábios, uma luzinha nos olhos, uma mudança de cor de pele, a abertura das narinas, a vincada da testa, até mesmo a engolidela em seco ou em molhado, e apostava para ganhar, sortudo, ou não pagava a aposta, sortudo.

Alfredinho-Bom-de-Cheiro usava botinas pretas de elástico, calças de brim branco, fraque preto, colarinho de ponta virada com gravata preta, chapéu-coco como convinha a um doutor homeopata e ainda mais herbanário, a maleta na mão parando onde houvesse um vivente precisando de cura para epilepsia, tuberculose, hemofilia, cancro duro, blenorragia, mula, tumor maligno localizado em qualquer parte do organismo, insônia, opilação, mal de amor, resfriado, difteria, coqueluche, mal de Chagas, frieza na mulher, homem broxado, dedicando-se ainda mais, mediante certas infusões, beberagens e garrafadas a despertar o amor sentimental ou sexual – à escolha do cliente – na pessoa desejada. Seu olfato rato, gatesco, canzoal cheirava a léguas de distância uma carcaça ainda podre, uma mulher menstruada, um cocô de lobisomem, o bafo de onça prenhe, uma mijada infestada, um arroto de urubu, uma cagada de pato. Desprezando-se odores mil de satisfações milhares, também sentia o cheiro das sensações: medo ou coragem, gozo ou dor, alegria ou pena, e quando, na peleja de mesa, cartas na mão, partia para uma parada alta, desconhecida armadilha, inclinava-se um pouco para o adversário repisador e pelo cheiro das cartas, podia saber se se tratava de jogo forte ou de blefe, com exatidão, voltando a repisar ou abandonando as cartas, conforme o caso, o valete não cheirava igual ao rei ou ao ás ou à dama.

E vai estavam ali os cinco, fechados, bebericando café e gasosa, nada de bebida forte para não embotar as faculdades astuciosas, mal se viam por entre a fumaça, todos na sua habilidade pessoal, no esforço, esbarrando, jogo de empate será, talvez, por que não?, um marca com as unhas, outro tem passes de mágica, o dali é vidente, o defronte do de defronte sabe ler caras, o de fraque sente o cheiro das cartas. E vai de novo e chega a última mesa de jeque, abre trinca figurada, ninguém não abre, caem os chipes, cresce o monte, passam, passam, passam, mais chipes, pigarros, um que outro ora porra baixinho tesconjurando, dessa mesa Alfredinho-Bom-de-Cheiro precisa para desforrar o prejuízo, de fático em fático foram-se embora os cacifes, e vai, e vão os cinco abacelando a parada, e dá-se: Apudi Mansinho tem uma trinca de damas e duas cartas loucas e abre, Santos Barriquinha não, levanta-se, bate na barriga, vai mijar, Zuzu-Gogó-de-Ema eu também não, estou em casa, mas fica sentado, Apudi vê, como sempre, as cartas dos que ficaram e foram: Ligarião Azucrinado com dois pares: reis e valetes pretos, Alfredinho-Bom-de-Cheiro com dez, valete, dama e ás de copas não podendo desprezar o projeto de *royal*, Apudi Mansinho pede duas e não entra nada, mas fica na expectativa dos outros, Alfredinho-Bom-de-Cheiro pede uma, no caminho Ligarião Azucrinado faz uma trapaça para um rei ou um valete, tanto faz o naipe, mas por fatalidade será o de copas, o de ouros entra para Alfredinho-Bom-de-Cheiro que sente o odor e confirma o choro apenas a pontinha e Apudi Mansinho já sabe que ele colou apenas uma sequência e não o tão almejado royal, mas Alfredinho-Bom-de-Cheiro para na pontinha porque tem a certeza que colou, se chorasse mais dez milimetrozinhos veria na mão do rei não o amarelo da guarda do punho da espada mas o bico rendado do machado, Apudi dá mesa enquanto se volta para as cartas de Ligarião Azucrinado e vê que o dito cujo colou o *full hand* de reis, justamente com o de copas, Alfredinho-Bom-de-Cheiro aposta e Ligarião Azucrinado replica, e o outro triplica, e o de cá mais do que, e o de lá ainda mais do que mais do que, e vão, volta Santos Barriquinha e diz a merda virou boné, solta uma gaitada, fica zanzando de um lado para o outro, Zuzu-Gogó-de--Ema olha as duas caras e em todas duas vê jogo alto, somente Apudi Mansinho está em brasas porque sabe os jogos e tem pena de Alfredinho-Bom-de-Cheiro que cheirou o jogo alto na mão de Ligarião Azucrinado mas o seu é maior, não se importou mais, não tem mais o que apostar, coragem danada de Ligarião Azucrinado, só quem está vendo como eu, Apudi Mansinho cutuca de pena a canela de Alfredinho-Bom-de-Cheiro que não liga, o outro insiste, é quase canelão, num desses Alfredinho-Bom-de-Cheiro, sem querer, descobre o rei e não acredita: vê a cara de lado, a barba em ponta, os cinco dedos, e no outro canto o machado de cortar cabeças, o manto diferente no tronco deformado, tudo ao contrário, mas tudo, do rei de copas, e não adianta voltá-lo de cabeça para baixo numa louca esperança porque o rei permanece o mesmo. Por honra da firma só faz pagar o último repique, Ligarião Azucrinado espalma as cartas na mesa e anuncia o *full hand* de reis com valetes, Alfredinho-Bom-de-Cheiro mete as suas cartas no bagaço e sente a vista escura, uma tortura, agarra-se à mesa, acodem, levam-lhe água, Ligarião Azucrinado só ri, ri alto, eita que Bom-de-Cheiro ficou entupigaitado.

Uma confusão, sentindo que um rio corria pelo seu peito magro, enquanto uma ave ou inseto voava em cima grasnando ou zumbindo, imensas cartas de baralho erguendo-se como paliçadas, elas mesmas se movimentando, mostrando os naipes ou o verso rendado, ora amontoando-se, ora espalhando-se em leque, ele andava de gatinhas em direção às cartas que se iam afastando, no longe já em poucos instantes, mais diminuídas, quase sem se enxergar, e de repente ficavam do tamanho normal, ele de mãos trêmulas fuçando tudo à procura da sua carta, mas nada. Todas estavam lá menos o rei de copas, eu estou precisando do rei de copas, por favor me deem o rei de copas, nada faz sentido sem o rei de copas, e chorava, e gania, e puxava os cabelos por ter ouvido dizer uma vez que a imagem do desespero é puxar os cabelos, e atrás das pedras via as cartas, via-as também em cima das árvores, na cumeeira das casas, descendo na correnteza do rio, pisadas por bois e vacas, entrando pelas portas e saindo pelas janelas, todas sim senhor, menos o rei de copas. E perdera o seu dom de senti-las pelo cheiro. Pior: todas cheiravam a rei de copas mas não havia rei de copas, nenhuma esperança, teria de continuar daquele modo até o *finis est de pitus in cascum*, até o Estouro. E de repente, uma esperança se apresentou: começou a diferenciar novamente os odores das cartas e quase ao mesmo tempo separou ainda longínquo, o rei de copas. E no horizonte uma carta começou a andar, eu sei que em minha direção, vem para mim, quanto mais ela caminha mais sinto o cheiro, é isto, não há nada de Estouro, ele vem.

Pulou da cama finalmente, acordado se sonhando estivera, com as pancadas na porta da frente. O cheiro continuava forte mais que nunca. Andou um pouco inseguro ainda, suado, enevoado, abriu-se a porta e ali estava, monárquico, de espanha erguida, tanto pra baixo como pra cima, o Rei de Copas.

Recife (Aflitos), janeiro de 1972 a março de 1973.

BIOGRAFIA

Palmares, cidade hoje com cerca de sessenta mil habitantes, na Zona da Mata ao sul de Pernambuco, foi onde Nasceu **Hermilo Borba Filho**, aos 8 de julho de 1917. O município de Palmares tem, até hoje, como principal atividade econômica, a produção de cana-de-açúcar, ficando tipicamente enquadrada no ciclo social da casa-grande e da senzala, exaustivamente estudado por Gilberto Freyre, e cujas estruturas ainda permanecem quase intactas, apesar da extinção formal da escravidão.

Vindo estudar na capital do estado, concluiu o curso de Direito, pela Universidade Federal de Pernambuco, no ano de 1950, tendo passado antes por alguns cursos universitários.

Não exerceu, contudo, a profissão, tendo-se dedicado, desde o início, ao teatro, sua grande paixão, à qual se dedicou pela vida inteira. Foi fundador, no Recife, do Teatro do Estudante, em 1946, ao lado de Ariano Suassuna.

A partir de 1953, passou a residir em São Paulo, onde veio a dirigir a Companhia Nydia Licia-Sérgio Cardoso, o grupo Studio Teatral, o Teatro Paulistano de Comédia e também a destacada Companhia Cacilda Becker.

Atuou como jornalista, no Recife, no *Jornal do Commercio*, no *Diário de Pernambuco* e na *Folha da Manhã*. No sul do país, marcou presença nos jornais *Última Hora* e *Correio Paulistano*, tendo chegado a assumir a diretoria da revista *Visão*. Foi membro do conselho editorial do *Jornal Movimento*.

Retornou de São Paulo para o Recife em 1958, quando fundou, novamente em companhia de Adriano Suassuna, o famoso Teatro Popular do Nordeste (TPN), responsável por um reavivamento da atividade cultural na região. Em 1960, cria, com Alfredo de Oliveira, o Teatro de Arena do Recife. Foi autor, ator, diretor, tradutor e até adaptador. Teve diversas peças encenadas no exterior, tanto na América Latina quanto na Europa.

Durante sua intensa atividade como homem de cultura e como pesquisador, prestou serviço a diversas instituições, tais como a Universidade Federal de Pernambuco, as Secretarias de Educação do Estado de Pernambuco, dos municípios do Recife e de São Paulo, e as Universidades Federais da Paraíba e do Rio Grande do Norte.

Hermilo Borba Filho foi distinguido, pelo governo da França, por intermédio do ministro André Malraux, com o título de Chevalier de l'Ordre des Arts e des Lettres.

Faleceu em 2 de junho de 1976, no Recife.

BIBLIOGRAFIA

ROMANCE

Os caminhos da solidão. Rio de Janeiro: José Olympio, 1957.

Sol das almas. Rio de Janeiro: Civilização Brasileira, 1964.

Um cavalheiro da segunda decadência (tetralogia):
  Margem das lembranças. Rio de Janeiro: Civilização Brasileira, 1966.
  A porteira do mundo. Rio de Janeiro: Civilização Brasileira, 1967.
  O cavalo da noite. Rio de Janeiro: Civilização Brasileira, 1968.
  Deus no pasto. Rio de Janeiro: Civilização Brasileira, 1972.
  Agá. Rio de Janeiro: Civilização Brasileira, 1974.

NOVELA

Os ambulantes de Deus. Rio de Janeiro: Civilização Brasileira, 1976.

Conto

O general está pintando. Porto Alegre: Globo, 1973.

Sete dias a cavalo. Porto Alegre: Globo, 1975.

As meninas do sobrado. Porto Alegre: Globo, 1976.

Literatura infantil

História de um tatuetê. Recife: O gráfico amador, 1958.

Teatro

O auto da mula do padre. Recife: Departamento de Documentação e Cultura da Prefeitura de Recife, 1948.

Teatro. Recife: Teatro do Estudante de Pernambuco, 1952. (Contendo as peças: *Electra no circo*, de 1944; *A barca de ouro*, de 1949; *João-sem-Terra*, 1957.)

Um paroquiano inevitável. Recife: Imprensa Universitária da Universidade Federal do Recife, 1965.

A donzela Joana. Petrópolis: Vozes, 1966.

Sobrados e mocambos. Rio de Janeiro: Civilização Brasileira, 1972.

Ensaio

Teatro: arte do povo e reflexões sobre a *mise-en-scène*. Recife: Diretoria de Documentação e Cultura da Prefeitura de Recife, 1947.

História do teatro. Rio de Janeiro: Casa do Estudante do Brasil, 1950.

Teoria e prática do teatro. São Paulo: Íris, 1960.

Diálogo do encenador. Recife: Imprensa Universitária da Universidade Federal do Recife, 1964.

Fisionomia e espírito do mamulengo: o teatro popular do Nordeste. São Paulo: Companhia Editora Nacional/Edusp, 1966.

Espetáculos populares do Nordeste. São Paulo: Desa, 1966.

Apresentação do bumba meu boi. Recife: Imprensa Universitária da Universidade Federal do Recife, 1966.

Henry Miller: vida e obra. Rio de Janeiro: José Álvaro, 1968.

História do espetáculo. Rio de Janeiro: O Cruzeiro, 1968.

Cerâmica popular do Nordeste. Rio de Janeiro: MEC/Campanha de Defesa do Folclore Brasileiro, 1969. (Em colaboração com Alfredo Rodrigues.)

ÍNDICE

Hermilo: um palco em suas mãos...........7

O general está pintando...........17
O almirante...........24
Hierarquia...........36
Lindalva...........60
O palhaço...........66
Dez histórias da Zona da Mata...........72
Da Peixa...........92
Romance de João-Besta e a jia da lagoa...........104
O traidor...........113
O perfumista...........123
A roupa...........132
O peixe...........136
A testemunha...........141
Auto de fé do pavão misterioso...........150
O Rei de Copas...........160

Biografia...........169
Bibliografia...........171

GRÁFICA PAYM
Tel. (011) 4392-3344
paym@terra.com.br